I0544545

PROTEGGERE SUMMER

Armi & Amori, Book 5

SUSAN STOKER

Armi e Amori

Proteggere Caroline

Proteggere Alabama

Proteggere Fiona

Il Matrimonio di Caroline

Proteggere Summer

Proteggere Cheyenne (Prossimamente)

Delta Force Heroes

Salvare Rayne

Salvare Emily

Salvare Harley

Il Matrimonio di Emily

Salvare Kassie

Salvare Bryn (Prossimamente)

CAPITOLO UNO

Sam "Mozart" Reed continuava a toccarsi la guancia sfregiata mentre guidava il suo furgoncino malconcio verso Big Bear Lake. Aveva detto dove sarebbe andato solo al suo amico e commilitone dei Navy SEAL Cookie. Non che volesse mantenere il segreto con il resto della squadra, ma aveva seguito così tante "piste" simili in passato che aveva imparato a tenersele per sé, nel caso non avessero portato a nulla.

Il vantaggio di far parte di una squadra così coesa era che Mozart sapeva che se avesse chiesto aiuto, tutti e cinque i suoi amici avrebbero abbandonato qualunque cosa stessero facendo per raggiungerlo e aiutarlo. Diamine, probabilmente sapevano ormai molto bene dove lui fosse.

Anche questa poteva rivelarsi benissimo una caccia a un fantasma, proprio come moltissime altre piste che Mozart aveva seguito di recente, ma lui non poteva lasciar perdere. Aveva dedicato ogni minuto libero della sua vita a seguire qualunque pista, per quanto pazza fosse, perché lo avrebbe, forse lo avrebbe portato a Ben Hurst.

Mozart aveva quindici anni quando la sua sorellina, Avery, era stata rapita. Tutto il vicinato nella loro cittadina in California si era mosso rapidamente e aveva creato delle squadre di ricerca. Erano passati diciassette giorni lunghissimi, estenuanti. Ogni giorno le ricerche erano continuate sempre più intense, con appelli in televisione. I suoi genitori avevano implorato, supplicato chiunque avesse preso Avery di lasciarla libera.

Alla fine, una coppia che camminava nei boschi a duecento miglia di distanza aveva trovato il corpo di Avery. Stavano partecipando a una caccia al tesoro e si erano imbattuti nelle sue spoglie, era nuda, gettata nel fitto bosco come un rifiuto.

Mozart non avrebbe mai dimenticato il giorno in cui la notizia era stata data ai suoi genitori. Non aveva mai visto suo papà piangere prima, ma quel giorno piangeva straziato. La sua bambina era stata violata e uccisa. Non era certo un'esperienza che un ragazzo di quindici anni avrebbe potuto dimenticare. I suoi genitori non tornarono mai quelli che erano prima, divorziarono, come tanti genitori di bambini scomparsi e uccisi, distrutti dal dolore. Il papà di Mozart era morto pochi anni dopo, sua mamma si era risposata con un uomo ricchissimo. Lui non la vedeva più tanto spesso, lei era troppo impegnata a girovagare per il mondo, nel tentativo di dimenticare di aver mai avuto una figlia, e certamente non interessandosi del suo unico figlio che era ancora vivo.

Gli sbirri non avevano mai trovato la persona che aveva ucciso sua sorella. Erano piuttosto certi di sapere chi era stato, però. Un vagabondo di nome Ben Hurst era stato visto nella loro zona proprio nel momento in cui Avery era stata adescata. Hurst era un tipo che tirava a campare, poteva vivere dei prodotti della natura tanto quanto era a suo agio nel pieno centro di una metropoli. Era grosso, alto uno e ottanta e pesava più di cento chili. Per lui sarebbe stato semplice avere la meglio su Avery, diamine, su qualunque bambino. Hurst era un tipo losco che era stato in carcere per molestie su minori e per aver aggredito tante persone, non mostrava alcun segno di pentimento e di riabilitazione dopo ogni sua condanna. Non era certo difficile convincersi che Hurst avesse visto Avery che tornava a casa dalla scuola, che l'avesse abbordata sul ciglio della strada. Il problema era che la polizia non aveva le prove.

Hurst non aveva mai collaborato alle indagini, ovviamente, e col passare degli anni altri casi ebbero la precedenza nel dipartimento di polizia. Però Mozart non avrebbe mai smesso di cercare. Aveva dato un'occhiata al viso nelle foto segnaletiche, l'aveva guardato e imparato a memoria. Mozart aveva promesso di vendicare Avery in un modo o nell'altro, il suo obiettivo nella vita era diventato catturare Ben Hurst e fargliela pagare.

Mozart era entrato in marina subito dopo le scuole superiori al fine unico di diventare un Navy SEAL. Per tutta la vita aveva guardato film e spettacoli sui SEAL. Erano il meglio del meglio, gli uomini più tosti che avesse mai visto. Mozart sapeva che avrebbe dovuto diventare così anche lui per catturare Hurst e fargliela pagare per quanto aveva fatto alla sua sorellina.

Suo papà poteva anche non essere più in vita per vedere fatta giustizia, Mozart non aveva idea se a sua mamma interessasse ancora, ma lui non poteva lasciar perdere. Mozart era rimasto in piedi vicino alla piccola bara della sua sorellina e aveva giurato che non avrebbe mai trovato pace finché il suo assassino non fosse stato in carcere o morto. Anche da ragazzo, Mozart non aveva mai allontanato il pensiero di essere lui a uccidere chiunque avesse ucciso Avery. Aveva passato gli ultimi diciannove anni a cercare di tener fede a quella promessa. Ormai faceva parte di lui. Niente e nessuno gli avrebbero impedito di portarla a compimento.

Mozart ripensò all'ultimo Natale che aveva trascorso con la sua sorellina. Avery era così emozionata. Lo aveva svegliato fin troppo presto, erano scesi al pianterreno e si erano messi davanti all'albero di Natale, che aveva pile di doni tutt'intorno. Lei aveva insistito perché si "occupassero" dei regali, anche se Mozart l'aveva avvisata che la mamma si sarebbe arrabbiata.

La mamma si *era* arrabbiata, ma Mozart l'aveva fatta calmare e aveva guardato con piacere Avery che strillava di gioia per i suoi regali. Era il tipo di bimba che apprezzava ogni piccolo regalo che riceveva. Il brutto orsacchiotto che Mozart le aveva regalato aveva ottenuto gli stessi complimenti dei braccialetti economici che aveva ricevuto dai vicini. Mozart aveva amato Avery con ogni palpito del suo cuore. Era innocente e preziosa. Averla persa l'aveva quasi ucciso. Si era diplomato a fatica alle superiori; i suoi voti erano crollati dopo la sua morte. La vita non aveva avuto più alcun significato, finché non aveva completato il BUD/S[1] e aveva deciso che la sua missione nella vita sarebbe stata trovare Ben Hurst.

Mozart sfruttava tutte le sue licenze per seguire qualunque pista si presentasse, cercando di rintracciare Hurst. Tex, l'amico hacker che avevano in Virginia, cercava costantemente tracce di quell'uomo su Internet e su qualunque rete informatica. Era stato un puro caso che Hurst fosse stato visto forse a Big Bear Lake in California. Big Bear non era molto lontana da Riverton, vicino a San Diego, e Mozart aveva una settimana di licenza a disposizione. Avevano appena terminato alcune missioni molto intense. Inoltre, Caroline e Wolf si erano appena sposati ed erano in luna di miele. Il comandante Hurt aveva concesso a tutta la squadra una settimana di licenza e per questo erano tutti molto felici. Era una licenza *vera* senza il rischio di venire richiamati per una missione dell'ultimo minuto. Mozart però sapeva che, se il comandante avesse scoperto esattamente cosa andava a fare durante la licenza, molto probabilmente non avrebbe approvato, quindi Mozart si era tenuto per sé la sua missione di vendetta.

Mozart pensava ai suoi compagni di squadra dei SEAL mentre continuava a guidare verso Big Bear.

Sorrise pensando a Wolf e Ice. Ice, nota anche come Caroline, era una chimica molto tosta, che aveva sventato quasi da sola un attacco terroristico sull'aereo su cui lui, Wolf e Abe erano in viaggio. Non fosse stato per lei, sarebbero tutti morti. Bastava questo a Mozart per considerarla preziosa.

Mozart era molto contento che Wolf avesse finalmente compiuto il passo importante di chiedere a Caroline di sposarlo. Il giorno delle nozze, erano accaduti tutti gli incidenti possibili e immaginabili, la limousine che doveva portarli alla chiesa era stata colpita di striscio da una macchina che era passata col rosso. Ma Caroline non aveva mai vacillato. Dopo aver saputo che Cookie era ferito, lei, Fiona e Alabama erano andate in ospedale a trovarlo, tutte in abiti da cerimonia. Una volta constatato che Cookie si sarebbe ripreso e che gli altri della squadra stavano bene, Caroline aveva svelato di aver offerto al pastore una donazione importante se fosse venuto in ospedale a celebrare le nozze tra lei e Wolf.

Avevano fatto proprio così, Wolf e Ice in piedi di fianco al letto di Cookie in ospedale, circondati dagli amici, si erano giurati amore per il resto della loro vita. Mozart non lo avrebbe mai ammesso, nemmeno sotto tortura, ma era stata una delle cose più belle a cui avesse assistito. Ice era una donna davvero speciale, lui era veramente contento che Wolf avesse trovato la persona che lo completava.

Mozart però non pensava che si sarebbe mai sistemato con una donna. Era il farfallone della squadra. Mozart non riusciva a ricordare nemmeno il nome delle tantissime donne con cui era uscito negli anni. Più e più volte era andato a casa di una donna incontrata in un bar, poi se n'era andato subito dopo aver fatto sesso. Per lui era finita qui. Sesso. Mozart non si era mai interessato a stare "insieme" a una donna, non ne aveva bisogno.

Purtroppo, i terroristi che avevano rapito Caroline in Virginia avevano sfregiato terribilmente il viso di Mozart. Pur sapendo di sembrare uno stronzo per questo, ma non gliene importava, Mozart era arrivato alla conclusione che, se una donna non voleva fare sesso con lui per via del suo volto, a lui proprio non interessava. Al suo posto c'erano almeno altre cinque donne pronte a succhiarglielo o a passare la notte con lui. Essere un SEAL era un vantaggio per la sua vita sessuale, cicatrici sul volto a parte. Le sue cicatrici non lo infastidivano. Aveva passato molto peggio nella vita; le cicatrici sul volto erano l'ultimo dei suoi pensieri. Aver perso sua sorella a causa di uno psicopatico era tremendo. Le cicatrici sul volto? Non gli interessavano.

Mozart sapeva che le donne lo trovavano attraente. Quando era più giovane ne aveva approfittato, adesso le cose erano diverse. Era pieno di muscoli, come tutti i suoi compagni di squadra. Aveva capelli scuri, appena troppo lunghi per gli standard militari. Una donna una volta gli aveva detto che aveva gli zigomi alti e occhi scuri, che sembravano in grado di penetrare l'animo di una donna e di tirar fuori i suoi desideri più intimi. Per Mozart erano tutte stronzate, ma dato che il suo aspetto lo aiutava a scopare, si teneva curato.

Ora, con quel suo volto un tempo deciso tagliato in tre da profonde cicatrici sulla guancia destra, doveva affidarsi di più alla sua personalità per trovare una donna con cui andare a letto. Mozart sapeva che nel profondo Ice si sentiva colpevole di quanto era successo al suo viso. Ogni volta che lei ne parlava, lui le diceva che non era stata colpa sua, così almeno lei aveva smesso di scusarsi. Mozart era sincero quando aveva detto ad Ice che era tutto okay con la sua faccia, perché così era. Ormai, a trentaquattro anni, era grande abbastanza da sapere che era sopravvissuto alla morte fin troppe volte per pensare che la vita fosse una cosa scontata.

Era alto circa uno e novantatré, era abituato a svettare sugli altri. Questo, insieme ai suoi occhi scuri molto intensi, era bastato a intimidire molti malviventi e a far sentire le donne accolte e amate, anche se solo per una notte. Ed era *sempre* per una notte sola.

Ripensando alla sua squadra, Mozart ricordò che Abe era stato il secondo dei loro compagni a trovare una donna, dopo che Wolf aveva conquistato Ice. Abe e Alabama ormai stavano insieme da un po'. Abe però aveva quasi mandato tutto all'aria con lei. Alabama aveva cercato di dare di sé l'immagine di una donna tosta, ma Mozart e Abe erano riusciti a vedere oltre. Adesso lei andava a scuola nel college locale per scoprire cosa voleva fare nella vita; ora lei e Abe erano tremendamente felici insieme.

Anche Cookie e Fiona erano oltremodo felici, ma per Fiona era stato un percorso davvero lungo e difficile. Avevano incontrato Fiona in Messico, l'avevano salvata da un cartello di sfruttatori di schiave del sesso. Era stata violata e i rapitori l'avevano resa dipendente dalle droghe pesanti. Le donne dei ragazzi della squadra di Mozart avevano certamente dovuto dimostrare una bella forza. Se l'erano passata tutte davvero molto brutta, ma alla fine, grazie all'aiuto dei loro SEAL e di qualche professionista, erano tutte riuscite a cavarsela.

Mozart sorrise, pensando a quanto le loro donne fossero diventate amiche. Quando la squadra doveva partire in missione, passavano il tempo insieme e si sostenevano a vicenda. Niente faceva star meglio gli uomini della squadra, del sapere che le loro donne erano circondate di sostegno mentre loro erano via a combattere per il loro paese. Mozart poteva anche far finta di essere irritato coi ragazzi perché erano così attaccati alle loro donne, ma con tutta onestà, nel profondo, una parte di lui era gelosa.

Mozart si era sempre occupato degli altri. Era sempre stato il tipo che gli altri chiamavano quando avevano bisogno di aiuto. Era un farfallone, il tipo che si divertiva a scopare in giro. Il tipo da una notte e via, che poi si rimetteva in cerca di un'altra conquista. Mozart non aveva mai scoperto cosa significasse essere desiderato per quello che eri, non per quello che potevi fare per gli altri, o per quello che era il tuo lavoro.

Mozart scosse la testa dal disgusto. Pazienza. In fondo a lui non importava. Doveva solo arrivare al lago per scoprire se avrebbe trovato la persona che poteva essere o meno Hurst. Una volta trovatolo, dopo averlo ucciso o consegnato alle autorità, avrebbe pensato anche a cercare una relazione di lunga durata. Frequentare Ice, Alabama e Fiona aveva mostrato a Mozart, per la prima volta, che avere qualcuno da amare non era poi così terribile come lui aveva sempre pensato. Ovviamente avrebbe dovuto trovare una donna perfetta tanto quanto quelle dei suoi compagni, e quello era un compito piuttosto difficile.

Mozart accostò nel parcheggio del *Big Bear Lake Cabins* e spense l'auto. Alla vista di quel luogo, non poté far altro che scuotere la testa. Aveva prenotato online. Era un posto economico e sembrava abbastanza pulito dalle poche fotografie pubblicate sul sito di prenotazione. In realtà era piuttosto fatiscente e le baite sembravano sul punto di crollare al primo temporale.

C'erano dodici piccoli edifici separati, ciascuno a distanza di circa un metro e mezzo dall'altro. Alcuni avevano dei piccoli porticati e altri avevano solo un tettuccio sopra la porta. La vernice si stava scrostando quasi dappertutto, e Mozart poté vedere che i tetti degli edifici avevano bisogno quasi ovunque di riparazioni.

Mozart notò un carrello delle pulizie davanti a una delle baite più lontane. Gli venne il pensiero maligno che la donna delle pulizie fosse probabilmente fatiscente quanto le baite stesse, ma allontanò ogni pensiero dalla persona che puliva un motel così schifoso per vivere. C'era sulla destra un piccolo edificio con un'insegna "Ufficio" e vicino ad esso c'era quella che sembrava una dependance. L'unico motivo per cui Mozart sapeva che quello non era un bagno era il cartello sulla porta, su cui era scritto che era un magazzino.

Mozart toccò di nuovo distrattamente la ferita sulla sua guancia destra; aveva notato di aver cominciato a farlo quando si immergeva profondamente nei suoi pensieri, poi cominciò a pensare alle sue prime mosse quando aveva iniziato a cercare Hurst. A Mozart non interessava dove dormiva; aveva dormito senz'altro in condizioni peggiori in quasi tutte le missioni della squadra. Mozart se ne sarebbe andato a cercare un alloggio diverso, ma decise di rimanere perché gli serviva solo un posto per tenere la sua roba e per passare la notte. Se era pulito, tanto meglio.

Mozart uscì dal suo furgoncino e si diresse verso l'ufficio. Era ora di dare la caccia al killer pedofilo.

CAPITOLO DUE

SUMMER, in ginocchio vicino al carrello delle pulizie, si alzò lentamente e sentì le ginocchia che scricchiolavano in segno di protesta. Ignorò quel suono, afferrò una pila di asciugamani e si diresse verso la piccola baita che stava pulendo. Il suo era un lavoro monotono e noioso allo sfinimento, ma era un lavoro e le permetteva di essere libera di...esistere. Ne aveva avuto bisogno, dopo l'anno indiavolato che aveva passato. Pulire stanze negli alberghi non era stato il sogno della sua vita, ma per ora non avrebbe desiderato trovarsi in alcun altro luogo. Era un lavoro facile e comodo e le consentiva di rimanere nell'anonimato. In quel momento non avrebbe potuto sopportare nient'altro.

Summer ripensò alla sua vita. Era abituata a *essere* qualcuno. Si era laureata in Scienze Economiche e Gestione Aziendale e aveva lavorato per un'azienda importante di Phoenix, Arizona, elencata nel Fortune

500. Era sposata e aveva un buono stipendio, viveva in una bella casa e la sua vita era perfetta. Quella vita era crollata come un castello di carte e Summer non era ancora certa di come era successo. Un giorno era tornata dal lavoro e suo marito se n'era andato. Andato via. Aveva portato via tutta la sua roba dalla casa. Sul mobile della cucina c'era un biglietto in cui lui spiegava che non era felice e che aveva conosciuto un'altra donna. Non voleva far star male Summer, ma non l'amava più e pensava che la loro vita fosse tutta una finta. Summer era stata presa alla sprovvista. Certo, sapeva bene che non c'era più molta passione nel loro rapporto, ma stavano bene. Forse era proprio quello il problema. Stavano troppo bene. Summer acconsentì al divorzio senza opporvisi non appena ricevute le carte, dopo qualche mese. Non aveva senso protestare.

Non era passato tanto tempo dal suo divorzio, quando seppe che la sua azienda stava tagliando il personale e che aveva perso il posto. Aveva cercato di trovare un altro lavoro, ma non aveva avuto fortuna. Sembrava che nessuno volesse assumere una donna di trentasei anni che aveva esperienza solo nella gestione del personale. Volevano tutti dei laureati freschi, senza nemmeno un dottorato, per poterli pagare meno di quanto avrebbero meritato la sua esperienza e il suo livello di istruzione. Summer ben presto non fu più in grado di pagare il mutuo e si ritrovò senza una casa.

Summer sapeva di essere introversa. Certo, sapeva andare d'accordo con chiunque, ma faceva molta fatica a crearsi degli amici duraturi. Aveva conosciuto persone nuove per tutta la vita, ma nessuno aveva fatto quello sforzo in più per rimanere in contatto con lei, quando lei se n'era andata. Nessun amico delle superiori, nessun compagno dell'università, nessun collega di lavoro. Summer non sapeva con certezza quale aspetto di lei facesse sì che le persone non volessero creare dei legami forti, in grado di sopravvivere anche in una relazione a distanza. Quando aveva perso il lavoro era stato lo stesso. Tutti i colleghi si erano mostrati molto solidali, avevano offerto in ogni modo di trovarsi a pranzo o di uscire la sera, ma nessuno era poi andato oltre. Summer ci era abituata.

Riusciva abbastanza facilmente a farsi degli amici, ma non quel tipo di amici che Summer vedeva in televisione o di cui leggeva nei libri. Non erano amicizie durature, persone da chiamare per fare un'uscita tra amiche o per accamparsi per una notte a casa di una di loro.

Un giorno si era stancata. Viveva in un appartamento puzzolente dove non si sentiva al sicuro e non aveva alcuna prospettiva di lavoro all'orizzonte. Summer aveva preso le sue cose più importanti e se n'era andata. Si era messa al volante di quel rottame di auto che aveva, finché anch'essa non l'aveva abbandonata. Poi aveva usato i suoi ultimi risparmi per comprare un biglietto dell'autobus e andare nella cittadina di Big Bear, sulle montagne della California.

Summer un giorno aveva visto quel piccolo motel chiamato *Big Bear Lake Cabins*, dove quasi per miracolo c'era un cartello alla finestra dell'ufficio, con scritto "Cercasi aiuto". Il proprietario non era un tipo molto amichevole, ma sembrava disperato, perché le aveva detto subito che il posto era suo.

Ed eccola qua. Niente auto. Niente soldi. Tutti i suoi averi in una valigia. Faceva pena, ma almeno era libera. Niente mutuo, niente aspettative. Non aveva alcunché, non era nessuno. E per ora questo era il suo paradiso.

Quando era arrivata, con la sua valigia, Henry, il proprietario delle baite, le aveva parlato senza peli sulla lingua.

"Non c'è alcuna baita libera in cui puoi stare, ma se davvero ti serve un posto in cui vivere puoi dormire nel piccolo edificio vicino all'ufficio."

"Nel magazzino?" aveva chiesto Summer, incredula, guardando di sbieco quel casotto che sembrava grande abbastanza per contenere solo il carrello delle pulizie e poco più.

"Già. Niente cucina e niente bagno, ma puoi usare la doccia e il gabinetto sul retro dell'ufficio."

Summer aveva emesso un sospiro profondo ed era stata sul punto di dire a Henry dove poteva ficcarsi il suo motel penoso e la sua offerta di alloggio così poco generosa, ma si era morsa la lingua e aveva annuito mestamente. Non aveva proprio altra scelta.

Quando Summer aveva aperto il magazzino, aveva visto un piccolo lavandino ed era stata molto sollevata nel sapere che almeno c'era acqua corrente nella sua nuova "casa". Il lavandino serviva soprattutto per riempire il secchio del mocio, ma a lei non importava. L'acqua era sempre acqua. Nel casotto non c'erano riscaldamento e aria condizionata, il che nei mesi estivi non era un gran problema, perché in montagna il caldo afoso arrivava raramente. L'inverno invece era più problematico, ma Summer aveva pensato che se ne sarebbe preoccupata quando fosse arrivato il momento. Forse allora avrebbe guadagnato abbastanza da trasferirsi in un appartamento vero e proprio e il problema sarebbe stato puramente teorico. Il capannotto del magazzino non era molto robusto, ma Summer sapeva di non dover guardare in bocca a caval donato.

Il suo letto era una branda contro il muro. Henry l'aveva tirata fuori da un armadio da qualche parte, quando lei aveva chiesto dove avrebbe dovuto dormire. Mancava una gamba, quindi era mezza sbilenca e oscillava instabilmente quando lei si sedeva o si sdraiava. Per fortuna, la gamba che mancava era una di quelle in fondo al letto, quindi almeno di notte la testa non era più in basso dei piedi.

Stracci, scope e scaffali con le varie attrezzature e i liquidi per le pulizie circondavano Summer. C'era odore di ammoniaca e di altri prodotti vari per le pulizie, ma lei era comunque grata. Immaginava che tanti avrebbero guardato a lei e alla sua vita storcendo il naso, magari provando dispiacere o pietà per lei, ma dopo aver vissuto una vita cosiddetta "perfetta" e finendo comunque in miseria, almeno ora Summer sapeva di poter contare solo su se stessa. Era una sensazione liberatoria.

L'unico problema che aveva nella sua nuova vita era che aveva sempre fame. Non guadagnava abbastanza da comprare tanto cibo, e poi non aveva spazio per conservare nulla. Non c'era un frigorifero e non c'erano fornelli per cucinare alcunché. Henry le garantiva la colazione, sia pur a denti stretti, ovviamente deducendola dal suo stipendio, già così esile, ma Summer doveva arrangiarsi per pranzo e cena.

Henry le aveva spiegato perché preparava una colazione continentale agli ospiti del motel. "Io per diamine di certo non la voglio, se vuoi sapere la mia opinione sono soldi buttati, ma con tutti quegli stronzi di hotel e come vanno le cose adesso, tutti la pretendono. Sono dei taccagni e vogliono sempre di più pagando sempre meno," si era lagnato con lei.

Summer aveva scosso appena la testa. Non aveva osato dire ad alta voce cosa pensava, cioè che il taccagno era proprio Henry.

"Adesso devo andare a far la spesa ogni dannata settimana per comprare frutta e altre cagate. Costano tanto e questo mi dà proprio fastidio. Prendo anche cereali sfusi o in barrette. Di solito gli ospiti non si fermano a chiacchierare, prendono solo la colazione che io fornisco loro gratis e si dirigono alle piste o al lago." Henry era finalmente arrivato al nocciolo del problema, almeno per quanto importava a Summer. "Immagino che vada bene se prendi qualcosa anche tu ogni mattina, ma non esagerare. Se ti becco a prendere più di quanto puoi mangiare per approfittarti di me, cambierò idea."

"Grazie, Henry. Sei davvero molto generoso. Prenderò solo qualcosina ogni mattina. Non mi voglio approfittare."

Henry si era limitato a grugnire dicendo a bassa voce: "Spero che le cose rimangano così."

Anche se Summer aveva promesso di prendere solo qualcosina, di solito riusciva a prendere un frutto in più o del pane a colazione per poter fare uno spuntino durante il giorno. La cena di solito era fuori questione. Summer non poteva permettersi di pagare di tasca sua per mangiare in uno dei locali limitrofi, non aveva alcun mezzo di trasporto e non aveva i soldi per mangiare nemmeno al fast food in città. Quindi, dopo aver pulito tutte le baite, Summer faceva una passeggiata intorno al lago lì vicino, oppure tornava al suo tugurio e cercava di ignorare i crampi allo stomaco.

Per fortuna non aveva fatto troppo freddo, almeno fino ad allora, ma la bella stagione stava per terminare. In montagna faceva sempre più freddo. Henry aveva detto a Summer che avrebbe potuto continuare a lavorare anche d'inverno, ma l'aveva avvertita dicendole che avrebbe guadagnato ancor meno di quanto non guadagnasse allora. D'inverno non c'era tanta gente e lui non poteva permettersi di pagarle lo stipendio pieno che le riconosceva ora. Summer sapeva che era un'assurdità. Già non la retribuiva molto, ma accettò comunque. Decise che almeno quello era un posto dove passare l'inverno, se ne avesse avuto bisogno, e se avesse deciso di andarsene, lo avrebbe fatto. Nulla la costringeva a rimanere.

Summer era in gran parte soddisfatta. Solo che era stanca. Stanca ti tirare a campare, ma non sapeva cosa fare. Per lei era tutto lì. Era la sua vita. Sì, aveva una laurea, ma non le era servita per salvare il suo matrimonio, non le era servita a salvare il suo lavoro. Era così.

Summer si discostò dal suo carrello con una manciata di asciugamani puliti e si girò senza guardare verso la porta della baita. Si scontrò con un uomo robusto e sarebbe caduta per terra, se l'uomo in cui si era imbattuta non l'avesse presa per i gomiti per tenerla in piedi. Summer alzò lo sguardo e deglutì. Aveva davanti l'uomo più bello che aveva mai visto in vita sua. Davvero. L'uomo più bello *e* più spaventoso. Era un uomo enorme. Almeno tutta la testa di quell'uomo era più alta del suo metro e settanta. Le sue braccia erano grandi. Le sue mani erano grandi. Ma la cosa più spaventosa era l'aspetto del suo volto. L'ombra delle cinque non nascondeva le ferite che gli sfregiavano la guancia destra. Le cicatrici arrivavano fino alla bocca e facevano sembrare l'espressione dell'uomo come una smorfia nei suoi confronti. Aveva capelli scuri e un po' disordinati intorno al capo. Era vestito di nero dalla testa ai piedi. Preso un pezzo alla volta, non le avrebbe fatto paura, ma quando Summer lo incontrò tutto d'un colpo le mise davvero soggezione, le fece proprio paura. Ma dal momento che quell'uomo non fece o disse alcunché, rimanendo solo lì, in piedi, guardandola con un'espressione incomprensibile in viso, lei si arrabbiò un po'. Dopo qualche secondo, quando lui non aveva detto *ancora* nulla, continuando solo a tenerla per i gomiti e a fissarla, Summer capì che doveva fare qualcosa.

"Oh, scusi tanto," balbettò. Summer si sarebbe allontanata da lui, se avesse potuto, ma lui la teneva ancora per i gomiti, dove l'aveva afferrata per aiutarla a stare in equilibrio e non cadere.

Summer si aspettava che anche lui si scusasse, o almeno che rispondesse alle sue parole dicendo qualcosa, ma lui si limitò a tenerla ancora un poco, per poi lasciarla andare e fare un passo indietro. Lui annuì, poi le girò intorno e si diresse verso un'altra baita vicina.

Summer lo guardò camminare. Avrebbe desiderato sentire la sua voce. Avrebbe scommesso fosse profonda e vibrante. Il suo sedere era bello sodo e...merda. A cosa stava pensando? Summer si girò di scatto e si diresse nella baita che stava pulendo. Non era per lei. Nessuno lo era più. Non fu facile, ma si tolse di testa quell'omone e tornò al suo lavoro monotono, riordinare la baita. Se i suoi pensieri fossero tornati ogni tanto a quell'uomo dal sedere così incantevole, immaginò che nessuno gliene avrebbe fatta una colpa. Era un bell'esemplare di maschio.

Mozart si incamminò nella sua baita e rise sommessamente del comportamento della donna di servizio. Lo aveva sorpreso urtandolo proprio mentre lui le passava accanto, ma per fortuna lui non l'aveva fatta cadere a terra. Pensava di non aver camminato così silenziosamente, era certo che lei sapesse che si trovava lì, ma ovviamente si era sbagliato.

Mozart era rimasto sorpreso nel constatare quanto quella donna stesse proprio bene tra le sue braccia. Se lui l'avesse tirata a sé, la testa di lei sarebbe arrivata proprio all'altezza della sua spalla. Mozart non riuscì bene a vedere i capelli di lei, perché lei li teneva tirati all'indietro e legati con un nodo molto casto dietro la nuca. I suoi capelli sembravano un misto di colori chiari, ma si vedeva anche che non era giovane. Mozart fu sorpreso nel vedere che non era una studentessa che si guadagnava qualcosa mentre frequentava il college, ma che non era nemmeno una signora anziana, che lavorava per la noia. Dovendo tirare a indovinare, Mozart avrebbe detto che avevano probabilmente la stessa età. All'incirca tra i trenta e i quaranta. Il *Big Bear Lake Cabins* era l'ultimo luogo in cui si sarebbe aspettato di incontrare una persona come lei.

Era attraente, Mozart lo ammise, ma ciò non gli fece piacere. Lui era impegnato. Però era pulita, aveva alcune rughe d'espressione ai lati della bocca, certamente lei le avrebbe chiamate zampe di gallina. Tutto sommato era di bell'aspetto.

Mozart rise di se stesso. I suoi pensieri erano ridicoli. Aveva visto interesse negli occhi della donna, prima che prevalesse lo sgomento. Gli era capitato tantissime volte. Le donne prima pensavano che avesse un bell'aspetto, poi quando vedevano le cicatrici perdevano ogni interesse. Ma ora che Mozart ci ripensava, la donna di servizio non sembrava essersi disinteressata, aveva solo sobbalzato. Una volta ripreso l'equilibrio, lo aveva guardato dritto negli occhi e sembrava quasi essersi arrabbiata con lui. Era passato molto tempo da quando una donna si era presa la briga di mostrargli un'emozione *vera*. Mozart era troppo abituato a donne che fingevano e che facevano tutto il possibile per portarlo a letto. Quello sguardo arrabbiato sul viso di lei era perfino un po' carino.

Mozart scosse la testa e cercò di togliersi dai pensieri quella donna. Doveva concentrarsi su Hurst e scoprire dove fosse. Per quanto lei potesse essere di bell'aspetto, lui non aveva tempo nemmeno per una sveltina. Pensò alle informazioni che Tex gli aveva inviato prima che lasciasse Riverton. L'uomo che si riteneva fosse Hurst doveva campeggiare da qualche parte nella foresta intorno al lago. Erano stati denunciati furtarelli di piccoli oggetti, Mozart avrebbe scommesso la vita che era stato Hurst. Estrasse la mappa di Big Bear e cercò di restringere il campo in cui poter stanare quel figlio di puttana. La foresta in quella zona era enorme, ma Mozart lo avrebbe trovato, sempre che lui fosse là. Mozart era stato addestrato nel migliore dei modi. Hurst non si sarebbe accorto di essere seguito se non quando fosse stato troppo tardi.

CAPITOLO TRE

Summer cercò di non pensare a quel marcantonio della baita tre, ma era difficile non notarlo. Ogni volta che puliva la sua baita, sentiva quanto era profumata. Si concesse solo una volta di affondare il volto in uno dei suoi asciugamani, per poi vergognarsene dopo averlo fatto. Lui non sapeva che lei esistesse, quella era la triste verità. Prima di tutto, lei era solo una donna delle pulizie, e poi lui era bello, anche con le cicatrici. Lei invece no. Non era per sminuirsi; solo che sapeva cos'era e cosa non era. Nella sua vita precedente, sapeva di dover perdere un po' di peso, ma era difficile con un lavoro d'ufficio. Ma ora che mangiava in pratica solo una volta al giorno, aveva perso molto peso, fin troppo. Sapeva che questo non migliorava comunque il suo aspetto.

Quell'uomo era estremamente pulito e ordinato. Tutti i suoi abiti erano messi in ordine nei cassetti della stanza. Le scarpe erano allineate vicino al muro. Gli asciugamani usati erano appesi all'asta della doccia. Si rifaceva il letto ogni mattina. Non c'era davvero molto da pulire nella sua stanza, ma Summer passava sempre l'aspirapolvere e cambiava sempre gli asciugamani. Lo aveva visto due volte nell'ufficio. La prima volta, lui stava facendo colazione ed era vestito come per andare a fare una camminata. Lei aveva visto il suo zaino appoggiato alla parete, lui indossava degli stivaletti, una maglia di flanella e dei pantaloni color cachi. La seconda volta lo aveva visto quando aveva bussato alla sua porta per pulire la stanza e lui le aveva aperto la porta, le aveva fatto un cenno col capo e se n'era andato. Lei si chiedeva cosa ci facesse lui nella zona e per quanto tempo sarebbe rimasto.

Gran parte delle persone che venivano ad alloggiare alle baite ci venivano per fare un fine settimana lungo e quasi sempre con qualcun altro. Era insolito che qualcuno rimanesse tanto a lungo quanto quest'uomo, per giunta da solo. Summer aveva notato che lui andava molto spesso a camminare, quindi forse aveva solo bisogno di una vacanza lontano dal lavoro e voleva stare da solo. Fece spallucce mentalmente. L'aspettava un'altra giornata pesante. Ignorò il suo stomaco che brontolava e si costrinse a chiudere a chiave la porta della baita per dirigersi a quella successiva.

———

Mozart respirò. Era stata una giornata lunga, ma

produttiva. Aveva trovato prove che una persona era stata sulle montagne vicine. Mozart immaginò che dovesse essere Hurst. Era stato attento a non lasciare tracce in quell'accampamento rudimentale, così che Hurst non sapesse che qualcuno lo stava braccando. Mozart non era mai stato così vicino a catturarlo. Stava pensando di chiamare Cookie e di vedere se questi poteva venire ad aiutarlo, ma decise diversamente. Cookie e Fiona stavano ancora cercando di risolvere i problemi di Fiona e lui non voleva disturbarli proprio quando avevano una delle rare settimane di libertà.

Mozart si accomodò sulla sedia sotto il porticato anteriore del piccolo edificio adibito ad ufficio. Aveva notato che ogni sera gli ospiti delle baite in genere si trovavano intorno all'ufficio a chiacchierare. Lui non era lì per attirare su di sé l'attenzione degli altri, ma non si sentiva ancora pronto a rientrare nella sua baita. Era una serata molto bella.

Mozart teneva in mano una birra quando vide un SUV che accostava nel parcheggio. Scesero tre donne. Erano belle, quel tipo di bellezza frutto di ore passate alla spa o al bagno prima di mettere piede fuori. Indossavano tutte abiti molto attillati e tacchi alti. Sembrava avessero appena passato la notte fuori a festeggiare qualcosa. Le baite non erano certamente un albergo di lusso, quindi Mozart si chiese per un momento cosa avesse potuto portarle lì. Essendo un uomo, ammirò anche il modo in cui quei vestiti mettevano in mostra i loro corpi. Era passato del tempo da quando era stato con una donna, quelle erano davvero degli esemplari di bell'aspetto.

"Oh merda, Cindy," disse un po' troppo ad alta voce la donna col vestito blu, "sembrava un figo dalla macchina, ma puoi prendertelo, io non riuscirei a guardarlo in faccia mentre scopiamo." Tutte tre le donne ridacchiarono mezze brille.

"Ma potresti sempre chiedergli di prenderti da dietro, così non dovresti guardarlo in faccia," disse la donna che doveva chiamarsi Cindy. "Io me lo farei, guarda che muscoli!"

Purtroppo, Mozart si era abituato a quel tipo di commenti sferzanti delle donne, da quando era stato ferito. Tranguiò il resto della sua birra e fece per alzarsi e andarsene. Non gli importava cosa pensassero, ma non sarebbe certo rimasto seduto ad ascoltare. I commenti vuoti di quelle donne non meritavano nemmeno una risposta.

Prima di potersi muovere, sentì una mano da dietro che gli passò sul petto carezzandolo teneramente e sentì una donna che gli si avvicinava.

Prima ancora che Mozart potesse dire o fare alcunché, sentì una voce profonda proprio dietro il suo orecchio destro dire abbastanza forte da farsi sentire da quelle tre stronze: "Andiamo, tesoro, quei tre orgasmi che mi hai regalato prima di cena non erano abbastanza. È incredibile quanto a lungo ti rimanga duro. Prima di chiamare il jet possiamo fare un altro giro nella doccia?" La donna misteriosa strusciò il naso contro la guancia di lui, la guancia sfregiata, mentre con le mani andava su e giù sul petto di lui.

Il corpo di Mozart si irrigidì. Strinse i denti e sentì la mandibola serrarsi. Pur non sapendo esattamente a che gioco giocasse quella donna, il suo tono e le sue parole glielo fecero rizzare sull'attenti. Alzò una mano e l'avvolse intorno a un avambraccio di lei mentre lei continuava ad accarezzarlo con l'altra mano. Mozart non sapeva se strappar via quel braccio dal suo corpo, o se accompagnarlo giù, tra le sue gambe. Non fece nulla, mentre lei muoveva la mano su e giù sul suo petto lui vide le tre stronze a bocca spalancata che lo fissavano mentre gli passavano vicino per raggiungere il piccolo ufficio.

La donna che gli aveva messo le mani addosso non sembrava ancora soddisfatta. Mentre il trio passava vicino, si girò verso di loro sghignazzando in quella direzione, sicura che potessero sentire tutto: "È *tutto* uomo, è *tutto* mio. Se siete così stupide da non andare oltre l'aspetto del suo viso, non meritate che un uomo passi tutta la notte a darvi piacere. E *credetemi*, lui sa come usare ogni *centimetro* del suo corpo per soddisfare *me*."

Poi la donna si alzò, prese Mozart per mano e lo tirò fuori dal porticato verso la sua piccola baita. Mozart non guardò nemmeno indietro per vedere cosa facessero le altre, aveva occhi solo per la forza della natura che lo stava tirando in camera sua.

Il cuore di Summer batteva fortissimo, sembravano milioni di miglia all'ora. Cosa doveva pensare quell'uomo di lei. Ma non avrebbe potuto starsene là e lasciare che quelle tre stronze dicessero quelle cose di lui. Anche se Summer in realtà non lo conosceva, sentiva di aver quasi creato un legame con lui. Dopo tutto, gli puliva la camera e gli sistemava le lenzuola... lenzuola che avevano avvolto il suo corpo. Nessuno meritava un trattamento del genere.

Summer non aveva idea di cosa gli fosse successo e di come il suo viso fosse stato sfregiato, ma aveva la sensazione che fosse probabilmente perché era un militare. Aveva proprio quell'aspetto e forse soffriva di stress post-traumatico e per questo faceva quelle lunghe camminate nei boschi. La maleducazione di quelle donne le sembrava sbagliata su molti piani. Lui era sempre stato gentile con chi lavorava al motel. Era ordinato. Era tranquillo. Ma se Summer si fosse fermata anche solo un momento a pensare a quel che stava per fare, non l'avrebbe mai fatto. Era proprio imbarazzata, ma doveva proseguire finché le donne non se ne fossero andate.

Quando arrivarono alla porta della baita, Summer si fermò, respirò profondamente, si voltò per guardare in faccia quel marcantonio, che teneva ancora la sua mano.

Mozart guardò la donna davanti a lui respirare profondamente prima di voltarsi. Fece un gran sorriso. Ora che poteva vederla in faccia, sapeva esattamente chi era. Era la donna che puliva le baite. Aspettò che fosse lei a parlare.

Summer provò a ritrarre la mano, ma lui non la

lasciò andare. Lei alzò lo sguardo un po' nervosa e vide un sorriso sbilenco sul suo viso, che spazzò via tutte le parole che le passavano in mente.

"Pensi che potrei conoscere il nome della donna a cui ho regalato tre orgasmi e che ho fatto godere, a quanto sembra, per tutta la notte?"

Summer si sentì quasi strozzare. Dio, quanto era imbarazzata. "Mi dispiace tanto per quel che è successo," disse velocemente. "Quelle donne erano delle tali stronze; volevo solo che fossero gelose da morire e che capissero cosa si perdevano. Non volevo metterti in imbarazzo o altro. Mi dispiace davvero." La sua voce andò svanendo quando vide che lui continuava a sorridere.

"Come ti chiami?" chiese Mozart a voce bassa.

"Come?"

"Come ti chiami?" ripeté tranquillo, almeno senza mostrare alcun segno di irritazione.

"Summer," gli disse senza pensare. Merda, forse non avrebbe dovuto parlare così d'impulso senza prima pensarci. Si era sempre messa in situazioni imbarazzanti in passato per questo, a quanto pare dopo tutti questi anni non aveva ancora imparato la lezione.

"Summer," le disse Mozart, "non sono in imbarazzo. Penso sia stato uno dei gesti più gentili che qualcuno abbia fatto per me da tanto tempo. Non essere dispiaciuta. Merda, non essere dispiaciuta. Non dimenticherò mai i loro sguardi quando ti hanno sentita. Vorrei solo aver filmato il tutto per farlo vedere ai miei amici."

Summer riuscì a fare una mezza risata, era ancora in imbarazzo e sentiva che lui le teneva ancora la mano. Era una sensazione strana, ma allo stesso tempo anche no. "Non so cosa mi sia passato per la testa. Di solito non sono così, beh, sarà meglio che vada..." la sua voce si abbassò di nuovo, tentò di nuovo di ritrarre la mano, ma ancora lui non la lasciò andare. Lo guardò ancora in viso perplessa.

"Vieni a cena con me." Non suonava proprio come una domanda; era più un'affermazione.

"Come?" Summer non credeva di aver sentito bene. Sapeva che era sciocco chiedergli sempre di ripetere tutto, ma era confusa.

"Vieni a cena con me, Summer," ripeté l'uomo.

"Ma non mi conosci nemmeno," disse Summer disorientata.

Mozart rise. "Ma Summer, ti ho fatto avere tre orgasmi prima di cena."

Summer arrossì e abbassò lo sguardo. "Gesù, adesso sarò per sempre imbarazzata, vero?"

Vedendo Summer in imbarazzo, Mozart si fece serio. Le mise le dita sotto al mento e l'alzò per poterla guardare negli occhi, notando che lei non faceva resistenza. "È troppo facile punzecchiarti, ma per favore lascia che ti porti fuori a cena per ringraziarti. Non eri tenuta a intervenire per me. A me onestamente non interessa quello che dicono di me, ma tu non lo sapevi. Tu ti sei esposta per me. Ora ti prego di lasciare che ti coccoli con una cena in cambio."

Summer lo guardò bene. Diceva sul serio, si vedeva. Lei *aveva* fame. Non importava dove sarebbero andati, non faceva un pasto decente chissà da quanto tempo. Provò ancora una volta a dissuaderlo.

"Ma non so nemmeno il tuo nome."

Finalmente le lasciò andare la mano, solo per provare a riprenderla immediatamente. "Mi chiamo Mozart, piacere di conoscerti, Summer."

"Mozart? Suoni il pianoforte?"

Mozart rise e rimase così, con la mano protesa. Sarebbe rimasto così tutta la notte se avesse dovuto. Aveva dimenticato quanto fosse divertente corteggiare una donna. Non aveva dovuto farlo tanto spesso, si sentiva alto tre metri. Intuiva che, se Summer avesse saputo quanto era carina e quanto le sue azioni non facevano altro che spingerlo a essere più deciso, si sarebbe vergognata. "Vieni a cena con me e ti dirò perché ho questo soprannome."

Summer sorrise e annuì esasperata. Era un tipo un po' pazzo, ma capiva che le piaceva questo tipo di pazzia. Finalmente gli prese la mano per stringerla. "Sembra quasi un ricatto, ma siamo d'accordo."

Sembrava proprio che sarebbero usciti a cena.

———

Mozart portò Summer in una *steakhouse* vicina. Niente di speciale, ma si mangiava bene. Lui c'era già stato qualche volta e il cibo gli era sempre piaciuto. Ancora più importante, forse, il ristorante era tranquillo e Mozart pensò che così avrebbe potuto conoscere un po' meglio Summer. Appena arrivati, la cameriera li aveva fatti sedere a un tavolo appartato e aveva chiesto loro cosa desiderassero da bere.

"Prendi quello che vuoi," le disse Mozart, vedendola esitare.

"Credo che berrò solo dell'acqua." Vedendo Mozart che inarcava le sopracciglia, Summer si sbrigò a spiegare la sua scelta. "Va bene così. Ho fame e non voglio riempirmi di bevande frizzanti o di alcol."

Mozart annuì e ordinò una birra. Quando la cameriera se ne andò a preparare le bevande, lui si voltò verso Summer e la guardò leggere il menu.

"Non guardi nemmeno il menu?" chiese lei a Mozart, nervosa.

"No, sono già stato qui un paio di volte e so cosa voglio."

Il modo in cui aveva detto di sapere ciò che voleva per qualche motivo innervosì Summer, ma non glielo disse. Forse era stato il modo in cui l'aveva guardata negli occhi mentre lo diceva, invece di guardare il menu. Summer abbassò lo sguardo sul menu come per trovarci la risposta per la pace nel mondo e cercò di ignorare la presenza e lo sguardo fisso di Mozart.

Quando la cameriera tornò con le loro bevande, Mozart ordinò un antipasto di patatine di cactus e una costata con patate e spinaci. Summer chiese un controfiletto al sangue con patate al forno e fagiolini alla griglia.

Quando la cameriera se ne andò, Mozart appoggiò i gomiti sul tavolo e chiese: "Allora, da quanto tempo lavori al motel?" Era una domanda per rompere il ghiaccio, piuttosto impersonale, ma Summer fu comunque in imbarazzo. Era abituatissima a rispondere in modo vago, dicendo qualcosa senza però dare troppe informazioni.

"Ormai sono qui da un po'. Si sta bene, ma non è certo qualcosa che voglio fare per tutta la vita. Tu sei qui da un po', cosa ci fai qui a Big Bear?"

"Oh, sai, mi sto solo godendo una vacanza facendo passeggiate nei boschi."

Summer annuì, aveva immaginato che fosse qui per questo. Nella sua risposta però c'era qualcosa che non le sembrava veritiero, ma di certo non poteva farglielo notare, quando lei per prima cercava di evitare di rispondere a ogni domanda troppo personale su di sé.

"Hai visto degli animali mentre eri nei boschi?"

"Sì, diversi cervi, ma niente orsi[1]."

Summer rise. "Allora tutto a posto, immagino."

Mozart annuì e guardò la donna che aveva davanti. Non stava mai ferma. Giocherellava con il suo bicchiere d'acqua, poi si mise il tovagliolo sulle gambe. Mozart vedeva le sue gambe muoversi nervosamente su e giù. All'apparenza, Summer poteva sembrare una persona calma e composta, ma lui capiva che era nervosa per la sua compagnia. A lui piacque. Non che fosse nervosa, ma che le *interessasse* abbastanza da essere nervosa.

"Dimmi qualcosa di te, Summer."

"Oh, uhm..." fece spallucce: "non c'è davvero molto da dire."

"Stronzate. Andiamo, dimmi qualcosa." Mozart voleva davvero conoscere quella donna. Non voleva risposte superficiali, ma qualcosa su di lei che non avrebbe scoperto, se non insistendo.

"Il mio secondo nome è James." Al suo sguardo incredulo, Summer si coprì il volto dall'imbarazzo.

"James?" Lei non continuò subito a raccontare, così Mozart si sporse sul tavolo per spostarle una ciocca di capelli che le copriva l'orecchio. "Summer James. Mi piace."

Summer alzò la testa e guardò l'uomo affascinante che aveva davanti. Onestamente, non sapeva proprio cosa le fosse venuto in mente per prendere le sue difese al motel. Ovviamente era un uomo che sapeva difendersi da solo. Non aveva bisogno che lei si intromettesse cercando di ingelosire quelle donne. Mozart era senza dubbio l'uomo più prestante che avesse mai visto. Probabilmente avrebbe anche potuto stenderle con un'occhiata. Ma lei *doveva* fare l'eroina. Sospirò. Sapeva che, una volta spifferato il suo secondo nome, avrebbe dovuto spiegarlo.

"I miei genitori volevano un figlio maschio. Si erano convinti che *ero* un maschio. Non hanno voluto sapere dal medico il genere del loro bimbo, erano convinti di saperlo già, per qualche credenza popolare o qualcosa del genere. Quindi avevano già scelto il nome. James. Poi sono rimasti delusi quando hanno scoperto che invece ero una bambina. Non avevano più tempo per pensare a un bel nome, così hanno scelto Summer perché sono nata a luglio[2]. Hano tenuto James come secondo nome perché ormai ci erano affezionati."

"Summer è un bel nome."

Summer alzò rapidamente gli occhi verso Mozart e lo guardò confusa. Non era esattamente ciò che si aspettava di sentirsi dire.

Mozart si spiegò meglio. "Hai detto che non avevano tempo di pensare a un bel nome. Non sono d'accordo. Summer è un nome bellissimo. Ti dona. Sei bionda, hai gli occhi più azzurri che abbia mai visto, l'azzurro di una bella giornata estiva soleggiata. Hai la pelle abbronzata... penso di non aver mai conosciuto una donna con un nome più azzeccato di quanto non sia Summer per te."

Oh. Santo cielo. Summer pensò di sciogliersi come neve al sole lì sul posto, Mozart la stava guardando ancora così intensamente. Sentì la pelle d'oca sulle braccia. Non era in cerca di complimenti, ma lui gliene aveva fatto uno davvero originale. "Oh, grazie," fu tutto ciò che riuscì a dire con voce stridula. Summer non dovette dire altro, perché arrivò un cameriere con il loro cibo.

Summer mangiò più lentamente che poté, la sua bistecca era davvero buona. Era passata un'eternità da quando aveva mangiato così bene. Poteva quasi sentire il suo corpo assorbire i nutrienti dal cibo che mangiava.

Mozart guardò Summer che mangiava. Era ovvio che il cibo le piaceva, ma facendo più attenzione si vedeva che le piaceva un po' troppo. Non parlavano tanto, andava bene così, ma Mozart capì che Summer cercava apposta di andare piano, di non mangiare troppo alla svelta. Metteva in bocca un pezzo di carne, appoggiava la forchetta al piatto, metteva le mani sulle gambe mentre masticava. Era un comportamento metodico e deliberato. Mozart strinse le labbra costernato. Ci era già passato una o due volte. Quasi tutta la squadra era stata catturata durante una missione, erano mezzi morti di fame. Per quasi un mese dopo la loro liberazione si era dovuto costringere a non trangugiare il cibo ingozzandosi ogni volta che mangiava.

Il suo corpo gli diceva di mangiare più presto che poteva, ma la mente reagiva e cercava di dirgli che c'era abbastanza da mangiare e che non doveva razziare e divorare tutto. Mozart detestava vedere lo stesso dilemma nel comportamento di Summer. Sapeva però di non dover dir nulla al riguardo, per non metterla in imbarazzo, l'ultima cosa che voleva era proprio metterla in imbarazzo.

"Allora, come ti chiami di cognome, Summer James?" Mozart voleva riuscire a strappare ogni informazione possibile da questa donna affascinante.

"Pack."

"Summer James Pack. Mi piace."

Summer reagì a malapena. Non che lui dovesse approvare il suo nome, anche se certo era meglio che non lo odiasse. "Allora, hai detto che mi avresti raccontato la storia del tuo soprannome se venivo a cena con te."

Mozart posò la sua forchetta e allontanò il piatto. Si sporse verso Summer e mise le braccia sul tavolo. Gli fece piacere notare che lei aveva continuato a mangiare, così cominciò a spiegare. "Sono un Navy SEAL," cominciò, soddisfatto di vedere che lei aveva annuito a malapena, invece di attaccarglisi addosso come tante altre donne, quando sentivano qual era il suo lavoro. "Nell'esercito è normale avere un soprannome. Di solito si tratta di nomi scherzosi, giochi di parole o varianti del nome proprio, ma anche dei nomi che ricordino continuamente delle vere e proprie stupidaggini che hai fatto."

"E Mozart a quale di queste categorie appartiene?" chiese Summer con un sorriso sul volto.

Mozart rispose ridendo: "Purtroppo all'ultima." Proseguì con la sua storia, adorava il sorriso che faceva capolino sul volto di Summer. "Una sera, dopo l'addestramento, io e un gruppetto di altri amici della marina siamo usciti e ci siano ubriacati completamente. Ci eravamo fatti il culo per settimane e poi eravamo tutti ragazzi. Siamo finiti in un locale col karaoke." Mozart si fermò, per godersi appieno l'ampio sorriso sul viso di Summer. Quando sorrideva davvero, tutto il suo volto si illuminava.

"Già, ci sentivamo tutti dei grandi e a quanto pare mi sono rifiutato di scendere dal palco dopo aver cantato tre canzoni. I proprietari erano molto arrabbiati, un tipo ha urlato: 'Ehi Mozart, scendi dal palco e lascia che sia qualcun altro a rovinare una canzone per un po'.' Ecco fatto. È bastato questo. Il nome mi è rimasto. Così la mia unica esperienza in campo musicale mi ha segnato per tutta la vita."

"Sono sicura che da qualche parte ci sia un bar con il karaoke a Big Bear. Potremmo sempre andarci dopo cena."

"Per diamine, no, bellezza. Sono abbastanza sicuro che se mi sentissi cantare ti uscirebbe il sangue dalle orecchie."

Summer posò la forchetta e sospirò. Probabilmente avrebbe potuto anche mangiare di più, ma sapeva che si sarebbe pentita se si fosse riempita ingoiando qualcos'altro. Mozart era divertente. Non avrebbe mai immaginato che avesse un buon senso dell'umorismo quando l'aveva visto la prima volta. Ciò le ricordò che tutti avevano qualcosa di più nel profondo di quanto potesse vedersi in superficie. "Allora qual è il tuo vero nome?"

"Te lo dico solo se giuri di non usarlo mai."

Summer lo guardò sorpresa. "Come? Perché?"

Mozart sorrise per cercare di stemperare le sue parole. Diceva sul serio, ma non voleva farle credere di essere arrabbiato o cosa. "Ho cinque amici nella mia squadra di SEAL. Tutti abbiamo un soprannome. Tre di loro sono impegnati in una relazione. Quasi sempre, le ragazze rifiutano di usare i nostri soprannomi. A Wolf, Abe e Cookie non importa, ma per me... è passato così tanto tempo da quando qualcuno mi ha chiamato in modo diverso da Mozart, mi sembra che le loro donne parlino a qualcun altro quando insistono nel chiamarmi usando il mio nome vero."

Summer decise di provocarlo. In realtà non le importava come chiamarlo, ma voleva tormentarlo un po'. "Allora cos'è? Fred? Winston? Oh no, capito. Sherman?"

Mozart si allungò sul tavolo e le prese la mano, poi per gioco finse di piegarle l'indice per vendetta. Summer ridacchiò e cercò di strappare la sua mano dalla presa di Mozart, senza riuscirci.

"No, sapientona. È Sam. Sam Reed."

"Sam." Summer adorava la sensazione che provava con le mani avvolte dalle sue. La faceva sentire...al sicuro. "È un nome normale."

Mozart lascio andare la sua mano controvoglia e si rimise a sedere, incrociando le braccia sul petto.

"Normale?"

"Già. A me non dai l'idea di chiamarti 'Sam'. Mi dai più l'idea di avere un nome più cazzuto."

"Del tipo?" A Mozart piaceva da morire quella conversazione.

"Uhm...tipo Jameson...o Chase, o Blake." Lasciandosi trasportare, Summer continuò: "Ce l'ho, che ne dici di Tucker, o Trace?"

"Gesù, Summer. Davvero? Ti sembro un tipo alla *Jameson?*" disse Mozart ridendo.

"Va bene, magari no, ma non so se riuscirò a chiamarti Sam, è un nome così...piatto."

"Va bene, allora, va bene, *non* dovrai chiamarmi Sam. Hai promesso."

"Veramente no. L'hai solo immaginato." Quando Mozart aprì la bocca per riprenderla, Summer lo rassicurò. "Scherzavo! Ti chiamerò Mozart. Nessun problema."

"Grazie, tesoro, mi fa piacere."

Summer sorrise a quel marcantonio che le sedeva davanti. Tesoro. Il suo ex non l'aveva mai chiamata con dei nomignoli. L'aveva sempre chiamata solo Summer. Non aveva mai capito quanto le piacesse sentire un soprannome affettuoso finché Mozart non ne aveva usato uno per lei...due volte.

"Andiamo, sei quasi pronta?" chiese Mozart appoggiando il suo tovagliolo usato sul tavolo.

"Già, grazie tante per la cena. Mi ha fatto piacere, anche se non dovevi."

"Ma certo che dovevo. Tu mi hai difeso. Non mi succede spesso. Di solito le persone cambiano strada per starmi alla larga. Tu invece ti sei fatta coinvolgere e ti sei messa tra me e quelle donne. Anche se, mi sento di dirti, non dovresti abituartici. Non sai mai come possano reagire gli altri. Avrebbero anche potuto mettersi contro di te, oppure io avrei potuto fare lo stronzo e tirarti in camera con me per costringerti a farlo davvero."

"Credo di saper leggere bene le persone. Non pensavo sarebbe successo."

"Vuoi portarti via i resti?" disse Mozart cambiando argomento. Sapeva che lei era convinta di ciò che aveva detto su di lui e che probabilmente si sarebbe comportata nello stesso modo altre volte. Pensava che non avrebbe chiesto di portarsi via i resti, ma sapeva anche che ne aveva bisogno e che li voleva.

"Ma certo, se non ti dispiace." Summer cercò di rispondere con nonchalance, sapendo che il pane sarebbe stato il suo pranzo, probabilmente anche la cena l'indomani.

Quando il cameriere mise il conto sul tavolo, Summer si mosse per cercare di prenderlo e pagare la sua parte della cena, non che avesse davvero i soldi, ma si sentì in dovere di mostrare a Mozart almeno che non si aspettava che fosse lui a pagare per lei.

"Fai sul serio?" chiese Mozart alzando le sopracciglia, allungandosi per afferrare il conto prima che Summer potesse aprire la cartelletta per vederlo.

Summer guardò semplicemente Mozart e disse: "Già, tu non mi conosci, non c'è motivo per cui tu mi debba pagare da mangiare."

Mozart tirò fuori la carta di credito e la inserì nella cartellina del conto, che appoggiò nell'angolo del tavolo. "Ti ho invitata io a cena, offro io. Credimi, apprezzo che tu ti sia offerta. Non riesco nemmeno a ricordare se mai una donna si sia anche solo offerta di pagare, ma un po' mi da fastidio che tu pensi anche solo per un attimo che io ti *lasci* pagare."

Summer si limitò a guardare Mozart un secondo, poi, non sapendo che altro dire, sussurrò: "Grazie"

"Prego. L'uomo dovrebbe sempre offrire quando ti invita fuori a mangiare, tesoro."

"Il mondo oggi non funziona così, Mozart."

"Beh, il *mio* mondo funziona così."

Summer gli credette. Mozart era molto intenso, era proprio il tipo "maschio alfa al comando". Avrebbe preferito disprezzarlo, ma non poteva. Nessuno l'aveva mai trattata così prima, era quasi spaventata da quanto le piaceva. Summer non disse nulla quando il cameriere tornò con la carta di credito e la ricevuta, che Mozart firmò. Poi lui si alzò e le porse la mano per aiutarla ad alzarsi.

Summer prese la mano di Mozart, lui non la lasciò andare nemmeno mentre uscivano dal ristorante per avviarsi verso il suo furgoncino. Aspettò che lei salisse e si accomodasse sul sedile del passeggero sistemandosi, prima di chiuderle la porta e di girare intorno al veicolo per raggiungere il sedile di guida.

Tornarono al motel in un silenzio tranquillo.

Accostarono davanti alla baita di lui, al motel. Mozart guardò Summer che usciva dal veicolo e le sistemò di nuovo i capelli dietro l'orecchio destro.

"Grazie per la cena, Mozart, mi ha fatto piacere."

"Piacere mio. Come vai a casa?"

"Oh, io alloggio qui nella struttura."

"Davvero?" Mozart si guardò attorno confuso. Non riusciva a immaginare dove potesse alloggiare, a meno che non dormisse in una delle baite o in una stanza nell'ufficio, un locale che lui non aveva mai visto quando andava a fare colazione.

"Già. Grazie ancora per la serata... riposati e goditi il resto delle vacanze. Stai attento nelle tue passeggiate. Non fare arrabbiare gli orsi, va bene? Summer sorrise nervosa a Mozart, sperando che lui non approfondisse cercando di scoprire dove dormiva.

"Lo farò, tesoro. Grazie a *te* per avermi difeso con quelle stronze, stasera."

"Adesso so che non avevi bisogno del mio intervento, ma spero davvero che non ti consideri in alcun modo sfigurato. Credimi, *non* sei affatto sfigurato."

"Stai cercando di farmi il filo, Summer? La provocò Mozart, emozionato dal rossore che le avvampò in viso.

"Uh, no, io..."

"Ti stavo solo punzecchiando, tesoro. Davvero non ci pensavo più e onestamente non mi interessa se qualcuno mi guarda strano per questo. Detto questo, ogni volta che ti vorrai gettare in mia difesa contro delle stronze che mi guardano male, io non avrò nulla in contrario."

Summer scosse la testa e sorrise. "Buona notte, Mozart."

"Anche a te, tesoro." Mozart guardò Summer incamminarsi verso l'ufficio e sparire dietro all'edificio. Era parente del proprietario? Dov'era esattamente casa sua? Come mai una persona bella e intelligente come sembrava Summer lavorava in un motel così fatiscente come quello? Mozart aveva un sacco di domande e non aveva abbastanza risposte.

Mozart rientrò nella sua baita. Al momento aveva abbastanza pensieri, fin troppi per potersi prendere il tempo di concentrarsi davvero sui misteri di Summer, eppure non poteva farne a meno. Lei si era esposta per lui, quella sera. Lui era stato onesto quando le aveva detto che non si ricordava l'ultima volta che qualcuno si era comportato così per lui, senza voler nulla in cambio, a parte ovviamente i suoi compagni di squadra.

Si sdraiò sul letto e ripercorse mentalmente quella serata. Ripensando a Summer, c'erano alcuni dettagli che lo infastidivano. Non indossava un giubbotto, anche se faceva piuttosto freddo. Non indossava alcun make-up, non che fosse un problema, ma tante donne che conosceva avrebbero messo almeno un trucco leggero. I vestiti di Summer sembravano starle un po' larghi, come se fossero della taglia sbagliata. Lei aveva cercato di non farlo capire, ma aveva fame.

Inoltre, Mozart non l'aveva mai vista prima in giro di sera, quindi da dove era sbucata quella sera? E anche se non l'aveva davvero *guardata* prima, il suo comportamento aveva attirato la sua attenzione. C'era qualcosa di interessante. Qualcosa gli faceva desiderare di essere davvero l'uomo che le faceva raggiungere l'orgasmo tre volte e che la faceva godere tutta la notte. Mozart sapeva che era un pensiero azzardato. Lui non era il tipo da corteggiare una donna; almeno non prima di questo incidente. Non ne aveva mai avuto bisogno. Venivano sempre da lui. Ma *questa* donna lo incuriosiva e lui voleva risolvere questo mistero. *Avrebbe* risolto questo mistero prima di andarsene.

Se Summer avesse conosciuto i pensieri di Mozart, probabilmente avrebbe trovato un modo per andarsene la sera stessa. Ma pensò sarebbe stata l'ultima volta che lo vedeva. Molto probabilmente se ne sarebbe andato presto e sarebbe finita lì. Summer era facile da dimenticare. Lei lo sapeva. Ne aveva avuto prova più e più volte nella vita. Lui non era diverso. Lei lo *sapeva*.

Si infilò nel sacco a pelo che aveva comprato di seconda mano. Aveva un vago odore di stantio, probabilmente era rimasto a lungo in negozio, ma teneva caldo, al momento solo questo le interessava. Si addormentò pensando a Mozart e finì anche per sognarlo.

CAPITOLO QUATTRO

Il giorno dopo, Mozart si alzò presto, come al solito, era già nei boschi prima dell'alba. Se voleva beccare Hurst, sapeva di doverlo cogliere alla sprovvista. Quell'uomo era letale e Mozart non voleva sottovalutarlo.

Mentre camminava in silenzio, Mozart pensò ancora a Summer. Sarebbe tornato a Riverton l'indomani. La sua licenza stava per terminare, per quanto odiasse dover abbandonare la caccia a Hurst, detestava ugualmente anche dover partire prima di aver conosciuto meglio Summer. Era strano, aveva passato gli ultimi diciannove anni della sua vita cercando di vendicare Avery e nulla lo aveva mai distolto da quel fine. Ma era bastato uscire una volta con Summer per distogliere il suo interesse e per far scemare anche solo di poco la sua intensa sete di vendetta.

Era una donna enigmatica. Parlava bene, era intelligente, però lavorava in un motel fatiscente, dove faceva le pulizie. Mozart scosse la testa. Non capiva, ma ci sarebbe arrivato. Voleva riparlarle prima di partire. Voleva assicurarle che sarebbe tornato. Mozart sapeva che sarebbe tornato per seguire le tracce di Hurst, ma a dire tutta la verità fino in fondo, sapeva che sarebbe tornato anche per Summer.

Mozart voleva presentare Summer ai suoi amici, e per lui *questo* era strano. Di solito teneva ben distinte la sua vita reale e la sua vita sessuale. Le donne con cui andava a letto conoscevano le regole, sapevano che sarebbe stato un incontro di una notte. A volte ne teneva una per più tempo, ma metteva subito in chiaro che non era il tipo da avere una relazione, se volevano rimanergli vicine e andare a letto con lui per un po', lui non avrebbe avuto nulla in contrario, ma diceva sempre di non pretendere mai di più da lui.

Stranamente, per quanto stronzo lo facesse sembrare, moltissime donne accettavano la situazione.

Mozart scosse la testa e tornò a concentrarsi sul presente. Aveva la sensazione che le nottate di sesso libero fossero finite, tutto per una donna misteriosa e troppo magra, che non aveva idea di quanto era bella. L'avrebbe rintracciata una volta tornato al motel e le avrebbe fatto sapere il suo piano. Il suo piano era tornare per conoscerla meglio.

———

Mozart uscì dal suo furgoncino nel parcheggio sterrato

del motel. Sospirò e si passò una mano tra i capelli. Aveva trovato una seconda volta l'accampamento di Hurst, ma lui se l'era filata prima che Mozart potesse raggiungerlo. Mozart era arrivato parecchio vicino, ma ancora una volta troppo tardi. Aveva già chiamato Tex per aggiornarlo su quanto aveva trovato. Tex lo aveva rassicurato, erano sulla pista giusta e l'avrebbero beccato, ma Mozart si era limitato a scuotere la testa senza concordare o dissentire.

Ormai l'aveva già sentito tante volte, non era più vicino oggi di quanto lo fosse la polizia tanti anni prima. Mozart si chiese per la prima volta in vita sua se quel bastardo sarebbe mai stato catturato. Pensò ancora ai suoi commilitoni e alle loro donne. Sarebbe stato anche lui felice come loro, un giorno? Trovare la donna giusta per lui avrebbe in qualche modo compensato la mancata vendetta di Avery? Mozart non ne aveva idea, e non l'avrebbe certo scoperto quel giorno, ma valeva la pena pensarci. Per la prima volta, arrivò ad ammettere che era stanco. La sua vita gli stava scivolando via e non sapeva bene come fermarla.

Mozart guardò in giro tra le baite per vedere di trovare Summer. Vide il suo carrello delle pulizie fuori dall'ultima baita. Si diresse lì, dove pensava di trovarla. Mozart non aveva visto altri pulire le camere da quando era arrivato, quindi sperava che quel carrello indicasse la presenza di Summer nella baita.

Avrebbe preferito non avere quell'odore così...intenso...ma era stato in giro tutto il giorno e non poteva farci nulla. Dopo aver fatto il *check out* e aver lasciato la baita quella mattina, non avrebbe avuto modo di fare una doccia se non una volta rientrato a Riverton.

Mozart sbirciò nella baita e sorrise nel vedere Summer che rifaceva il letto imprecando tra sé e sé.

"Stupide lenzuola. Perché i letti devono essere così dannatamente pesanti? Gesù, la gente normale non lava tutti i giorni la biancheria da letto, ma *questo* tipo? Ma *certo* che sì. Dannazione!"

"Serve aiuto?" disse Mozart ridendo.

Summer si girò di scatto strillando; alla vista di Mozart lo rimproverò mettendosi una mano sul petto: "Oddio, mi hai spaventata! *Non* si fa così!"

Mozart sorrise. Quand'era stata l'ultima volta che una donna gli aveva parlato con quel tono? Non sapeva. Moltissime donne, anche gli uomini a dire il vero, avevano paura di lui. Le donne facevano semplicemente qualunque cosa pensavano lui volesse, mentre gli uomini di solito gli giravano al largo per evitarlo.

"Scusa, tesoro. Non volevo spaventarti," disse Mozart a Summer con voce più sommessa, sempre sporgendosi con nonchalance dallo stipite della porta. "Volevo solo farti sapere che oggi ho liberato la baita e che me ne dovrò andare per un po'."

Quando Summer lo guardò, proseguì: "Non volevo andarmene senza fartelo sapere."

Mozart fu disorientato dalla sua risposta: "Sapevo che avevi liberato la baita, stamattina sono andata a fare le pulizie e ho visto che era sparito tutto. Perché sei tornato per dirmelo?"

Summer era davvero confusa. Di solito, dopo che gli ospiti pagavano il conto, non li rivedeva più. Ogni tanto qualcuno tornava perché aveva dimenticato qualcosa in camera e le chiedeva se l'avesse trovato, ma nessuno era mai tornato indietro solo per dirle che stava andando via. "Hai lasciato la chiave elettronica in camera, non la devi restituire. Non importa." Dato che Mozart non rispondeva, Summer continuò incerta: "Sei tornato per questo? Per darmi la chiave?"

Mozart fece un passo in camera e si avvicinò a Summer. Notò che lei aveva fatto un piccolo passo indietro, ma poi si era accorta e si era fermata dov'era.

"Sono tornato perché mi piaci. Perché volevo vederti ancora. Perché penso di voler essere davvero quel tipo che ti fa venire tre volte un orgasmo prima di cena. Ecco perché." Senza più aspettare che Summer rispondesse, Mozart fece due passi avanti fino a trovarsi dritto di fronte a lei, poi allungò una mano dietro la sua nuca. L'avvicinò a sé finché le loro labbra quasi si toccavano.

"Non potevo andarmene senza assaggiarti almeno una volta." Le labbra di Mozart erano su quelle di Summer prima ancora che lei potesse dire qualcosa. Summer sussultò sorpresa, così fu facile per lui far scorrere la lingua sulle sue labbra e nella sua bocca.

Summer gemette, la sua condizione, il luogo in cui erano, tutto svanì all'istante. Non riusciva a pensare ad altro se non a quanto Mozart la faceva star bene. Alzò le braccia con esitazione e le appoggiò sul suo petto, poi le fece passare dietro la sua nuca stringendole.

Mozart stava quasi per staccarsi, quando sentì la lingua di Summer uscire timidamente e scorrere sulla sua. Ora non poteva certo fermarsi. Gemette e la tirò più vicina. Mozart strinse una mano intorno alla sua nuca e con l'altra spinse dietro la sua schiena, avvicinandola al suo corpo finché non furono in contatto dalla testa ai fianchi. Il bacio si fece più profondo, Summer si appoggiò su di lui abbandonandosi.

Mozart sentì la soddisfazione che gli scorreva in corpo. Evidentemente Summer lo voleva tanto quanto lui voleva lei. Non poteva più nasconderle la sua erezione, ma a giudicare dai movimenti del corpo, era eccitata quanto lui. Passando la lingua sulla sua ancora una volta, Mozart si tirò indietro lentamente, senza staccare le mani dal suo collo o dalla vita, ma staccando la bocca dalla sua.

"Tornerò, Summer. Ti voglio, voglio vedere dove ci può portare, una volta tanto nella mia vita non sto parlando di una notte e via."

Summer riaprì gli occhi lentamente e guardò l'uomo le cui braccia la cingevano. Tolse una mano da dietro la sua nuca e l'appoggiò sulla sua guancia ferita. Strofinò il pollice sulla cicatrice peggiore. Era lusingata oltre ogni limite, anzi, aveva i brividi: quest'uomo così affascinante e virile voleva *lei*.

"Okay," sospirò con un sorriso timido.

Mozart finalmente le tolse la mano dalla schiena, mise entrambe le mani intorno al suo viso e appoggiò la fronte contro la sua. "Prenditi cura di te finché non potrò ritornare."

Summer si limitò ad annuire.

Mozart si piegò di nuovo verso di lei e le prese le labbra in un ultimo, intenso bacio prima di lasciarla andare e di allontanarsi. Continuarono a guardarsi negli occhi finché lui non arrivò alla porta della camera e scomparve nel parcheggio.

Summer si lasciò cadere seduta sul letto sfatto. "Santo cielo," disse a voce bassa ma intensa nella stanza vuota: "quell'uomo è la fine del mondo!"

CAPITOLO CINQUE

Summer attese. Mozart aveva detto che sarebbe tornato. La stagione si fece più fredda e lui non tornò. Lei non sapeva cosa fosse successo, ma non fu del tutto sorpresa. Una parte di lei voleva credere a Mozart. Era sembrato così sincero, ma Summer avrebbe dovuto capire. In tutta la sua vita, le persone erano sembrate sincere quando le dicevano cose come "ti chiamo" o "usciamo a pranzo," ma il più delle volte non chiamavano e non la invitavano a pranzo. Così Summer non fu del tutto sorpresa, ma scoprì di essere ugualmente giù di morale per l'assenza di Mozart.

Sapeva comunque di doversi lasciare tutto alle spalle. La stagione sulle montagne si era fatta fredda, perfino nella California del sud. Molti credevano che in California facesse caldo tutto l'anno, ma in realtà in questa zona c'erano alcune delle migliori piste da sci dello stato, nei mesi invernali. A partire da novembre, Henry le aveva dimezzato lo stipendio, il che era davvero ridicolo, perché tanto per cominciare non è che guadagnasse chissà quanto, ma Summer era praticamente bloccata fino a primavera, perché non aveva mezzi di trasporto e la stagione fredda rendeva più difficile qualunque spostamento. In ogni caso, aveva già deciso che se ne sarebbe andata.

Ma in quel momento, quel giorno, Summer era a pezzi. Sapeva di essere malata, chi non si sarebbe ammalato vivendo in una situazione del genere? Non mangiava abbastanza, in magazzino c'era un gelo pazzesco. Summer aveva ficcato dei tovagliolini di carta nelle crepe per cercare di tener fuori l'aria fredda, ma non funzionava granché. Henry le aveva dato una piccola stufetta elettrica, con una prolunga che andava dall'ufficio al magazzino, ma lei non la usava molto. Non le sembrava sicura. Però, c'erano delle notti in cui faceva così dannatamente freddo che non aveva altra scelta.

Summer non aveva amici in città, perché era sempre impegnata a pulire le baite, e anche quando non lavorava, non aveva nemmeno un mezzo di trasporto per andare chissà dove a incontrare chissà chi. Era bloccata, ormai era arrivato il momento di andarsene. Appena la stagione si fosse fatta più bella e lei fosse stata in grado di risparmiare abbastanza per comprare un biglietto dell'autobus, se ne sarebbe andata via di lì. Quella che le era sembrata un'ottima idea alcuni mesi prima, ora le sembrava proprio stupida. Summer era una donna intelligente, se avesse visto altre persone nella sua situazione, avrebbe scosso la testa e commentato chiamandole idioti.

Sì sdraiò sulla sua branda e si infilò il più possibile nel sacco a pelo. Chiuse gli occhi e visse di nuovo il bacio che Mozart le aveva dato il giorno che se n'era andato, per la millesima volta. In vita sua, non era mai stata così attratta da qualcuno. Anche il suo ex marito non l'aveva mai fatta sentire così in tutti gli anni di matrimonio.

Summer allora guadagnava bene e la loro era una relazione alla pari, quasi *troppo* alla pari. Summer sospirò, ricordando come si era sentita quando Mozart l'aveva attirata a sé, senza lasciarle la scelta di essere o meno baciata. Lei non era una stupida, aveva letto tantissimi romanzi rosa in cui la donna era remissiva nei confronti del suo uomo...e ogni volta ne aveva riso. Ma ora, ricordando come si era sentita tra le forti braccia di Mozart, stava riconsiderando le sue convinzioni. Le bastava ricordare quando le aveva detto di "prendersi cura di sé" mentre lei era lì in piedi nella baita per farle venire i brividi. A nessuno era mai interessato che lei si prendesse cura di sé, la faceva star bene. Peccato che non aveva detto sul serio.

Summer si addormentò ancora una volta pensando all'uomo che aveva stravolto la sua bella vita piatta, per poi lasciarla senza guardarsi indietro.

———

Mozart sedette al tavolo dell'*Aces Bar and Grill* coi suoi amici e sospirò. Non era proprio dell'umore giusto per uscire coi suoi compagni, ma aveva promesso di esserci, quindi era là. Caroline e Wolf erano tornati dalla loro luna di miele, sembravano rilassati e felici. Anche Fiona e Cookie si erano abituati alla loro vita matrimoniale. Fiona aveva un aspetto molto più rilassato quando era in pubblico, quindi ovviamente le sue sedute di psicoterapia le avevano fatto un mondo di bene.

I pensieri di Mozart tornarono a Caroline. Ricordò di quando si era fidata di lui per farsi ricucire il taglio, quando era stata ferita sull'aereo che era stato dirottato dai terroristi. Mozart non aveva mai più incontrato una fiducia come quella... fino a Summer. Certo, non aveva dovuto ricucirle una ferita da taglio provocata da un coltello o altro del genere, ma lei l'aveva preso per mano e aveva accettato che la portasse fuori a cena. Gli aveva permesso di baciarla con grande passione, si era lasciata andare tra le sue braccia. Summer non aveva avuto paura di lui, lo aveva difeso senza nemmeno sapere chi fosse.

Mozart digrignò i denti. Per la miseria. Aveva detto a Summer che sarebbe tornato a Big Bear per vederla e non era ancora tornato. Ci aveva pensato e ripensato ogni giorno, ma non aveva avuto tempo. No, era una bugia, non aveva *trovato* il tempo. Sì, lui e gli altri della squadra erano stati mandati in missione alcune volte da quando era tornato dal lago, ma onestamente non bastava come scusante. Non era così lontano in auto e Mozart in realtà avrebbe potuto andarci a passare qualche ora del suo tempo libero.

Si era perfino convinto che qualunque fosse stato il loro legame, era tutto nella sua immaginazione. Mozart aveva portato a casa solo una donna, da quando aveva incontrato Summer, ed era stato un disastro totale. Riusciva a pensare solo a Summer e a come aveva risposto in modo acceso a quelle donne, per lui. Di recente, quando si era accorto che la donna che stava per portarsi a letto gli guardava le cicatrici in volto disgustata, a Mozart era passata tutta l'eccitazione e non aveva avuto più voglia di spogliarsi subito con quella donna. Le aveva detto di andarsene e si era gettato sul letto a pensare a quanto si era incasinata la sua vita sessuale da quando aveva incontrato Summer.

"A cosa diamine pensi così intensamente, seduto qui, Mozart?" chiese Benny, sedendosi vicino a lui con due birre. Ne passò una a Mozart e bevve un sorso da quella che aveva ancora in mano, aspettando che il suo amico rispondesse.

"Se te lo dicessi, non mi crederesti, Benny."

"Mettimi alla prova."

"Ho incontrato una donna..."

Benny scoppiò in una risata, interrompendo la spiegazione di Mozart. "Ma quando mai non incontri qualche donna?" Sentendo che Mozart non diceva nulla, Benny lo guardò incredulo. "Merda, davvero? Anche tu?

Andrà a finire che rimarrò per ultimo, vi state tutti accasando."

"Non ho detto che la voglio sposare, stupido," borbottò Mozart sollevando la birra e bevendola quasi tutta in un sorso solo.

"Già, ma tu sei *tu*, Mozart. Sei un farfallone. Tu ti occupi delle signore quando noi siamo in missione. Se cominci a pensare a una donna e questa diventa più importante di tutte, sei fottuto. Ce l'hai già impressa nella mente, è già dentro di te. Adesso devi solo fare qualcosa per metterti al passo."

Mozart appoggiò sul tavolo la bottiglia di birra quasi vuota e fissò Benny pensieroso. Aveva ragione?

"Mettiamola così," proseguì Benny, noncurante dell'agitazione che scombussolava la mente del suo amico. "Quando l'hai vista per l'ultima volta?"

"Circa due mesi fa."

"E quand'è stata l'ultima volta che hai scopato?"

Mozart non seppe rispondere, ripensandoci. Gesù. Già, aveva portato a casa quella donna, ma non era riuscito ad andare fino in fondo. Erano davvero passati più di due mesi e mezzo da quando aveva fatto sesso l'ultima volta.

"Circa due mesi, giusto?" insisté Benny.

"Mi fai quasi paura, Benny," commentò Mozart, tirando indietro la sedia e incrociando le braccia al petto.

"Senti, solo perché ho questo soprannome ridicolo non vuol dire che non veda le cose come stanno.

Mozart, tu sei mio amico. Per quanto mi diverta prendendo in giro gli altri ragazzi perché si sono così legati alle loro donne, penso comunque che sia fantastico. Farei di tutto per essere al loro posto. Vedo quanto sono felici e contenti e non posso fare a meno di desiderare lo stesso per me. Smetti di tormentarti. Se hai trovato una persona che ti fa pensare e che ti fa passare la voglia di tirar fuori l'uccello ogni volta che una donna qualunque lo desidera, io dico che dovresti approfondire."

"Certo che la metti giù dura, ma ho capito." Mozart sentì crescere nello stomaco un dispiacere quasi insopportabile. Abbassò la voce e cominciò a passarsi le dita sulla guancia sfregiata. "Le ho detto che sarei tornato, ma non l'ho fatto. L'ho ferita. So di averlo fatto."

"Allora rimedia, Mozart." Benny ribadì pragmaticamente: "Guarda Alabama e Abe. Lei lo ha perdonato per quella stronzata che le aveva fatto. Se questa è la donna del tuo destino, anche lei ti perdonerà, ma la devi raggiungere. Se non le dai l'opportunità, non lo saprai mai."

"Gesù, Benny, Mi sembri quasi un tipo alla Doctor Phil[1]."

Benny si mise a ridere e dette una pacca sulla schiena di Mozart. "Eh già, va bene, non voglio sentire tutti i dettagli sdolcinati, ma vai e cerca di parlarle. Scopri se i suoi sentimenti sono almeno in parte come i tuoi. Se è così, troverai il modo di farla funzionare. Se no, di certo non starai peggio di come stai adesso. Ma almeno se lo sai puoi anche andare oltre."

Mozart annuì. "Vedrò se il comandante mi dà il fine settimana libero. Andrò su a Big Bear per parlarle."

"Big Bear? Non è il luogo in cui sei andato a cercare Hurst?" Tutta la squadra sapeva di Hurst e della missione di Mozart per fargli pagare quanto aveva fatto a sua sorella. Mozart aveva raccontato a tutti dov'era stato quella settimana, quando erano tornati dalla licenza. Nella squadra non c'erano segreti. "Pensi di trovarlo ancora là?"

"Già, ho trovato i resti di un piccolo accampamento improvvisato, ma lui se n'era andato prima che io potessi arrivare. Tex sta seguendo delle piste e dice di non essere sicuro che se ne sia andato, ma non l'ha ancora localizzato con precisione. Potrebbe anche essere lontano migliaia di miglia, oppure potrebbe essere ancora là, a svernare al lago."

Il viso di Benny si fece serio mentre appoggiava la sua birra sul tavolo, vicino a quella vuota di Mozart. "Se vuoi che veniamo là con te per rintracciarlo, non devi fare altro che chiedere."

"Lo so, e lo apprezzo. Penso che stavolta andrò solo per vedere se Summer è ancora là. Se avesse scaricato quel motel merdoso per andarsene dove il clima è più caldo non gliene farei certo una colpa."

"Dico solo che, se ne hai bisogno, noi ci siamo."

"Mi fa piacere, Benny, dico davvero."

Annuirono entrambi e Mozart si alzò per raggiungere Wolf e Ice, per dir loro che se ne stava andando. Porse loro di nuovo le sue congratulazioni, e quando Caroline si alzò per salutarlo con un abbraccio, Mozart le mise il braccio dietro la schiena per farle fare un casqué, solo per stuzzicare Wolf. Wolf riprese deciso Caroline tra le sue braccia non appena Mozart l'ebbe fatta rialzare, così Mozart disse loro ridendo che se ne stava andando.

"Ho parlato al comandante, pensa che dovremo partire la settimana prossima," lo avvertì Wolf.

"capito, vado solo per il fine settimana; non sto seguendo...stavolta. Vi terrò aggiornati e credo di tornare lunedì."

"Va tutto bene?" chiese Caroline con voce preoccupata.

Mozart le prese una mano e ne baciò il dorso. "È tutto a posto, Ice. E solo perché so che sei curiosa, ti dirò che vado a incontrare una donna."

Caroline alzò gli occhi al cielo. "Scusa se te lo chiedo. Ma non ti bastano tutte le stronze che ti si gettano addosso da queste parti? Adesso devi andare fin su in montagna?"

Mozart si limitò a sorridere. Adorava il modo in cui Caroline non aveva paura di parlare apertamente e dire quello che pensava con lui e con gli altri SEAL. "Che divertimento ci sarebbe?" Non aveva intenzione di dirle il vero motivo per cui andava su a Big Bear.

Ice strabuzzò gli occhi come lui aveva previsto. Mozart salutò Wolf con un pugnetto al mento e poi

disse arrivederci agli altri della squadra, ad Alabama e a
Fiona. Mentre usciva dalla porta, si chiedeva come
l'avrebbe accolto Summer. Sapeva bene che non meritava che lei fosse contenta di vederlo, ma Mozart
sperava solo che lo fosse comunque.

CAPITOLO SEI

ERA GIÀ VENERDÌ SERA TARDI, quando Mozart arrivò alle baite su a Big Bear. Accostò nel piccolo parcheggio e notò che solo un paio di baite avevano le luci accese. Anche dall'ufficio si vedeva una luce debole uscire appena dalla finestra lurida.

Mozart indossò il suo giubbotto e chiuse la cerniera lampo mentre usciva dal suo furgoncino. Faceva freddo, c'era vento, si percepivano almeno sei o sette gradi in meno della temperatura reale. Nella zona non era ancora nevicato, ma forse era solo questione di tempo. Una volta caduta la neve, molto probabilmente le baite si sarebbero riempite di più, per la stagione sciistica, ma in genere chi veniva in quella zona per sciare preferiva scegliere alberghi più famosi e più popolari per alloggiare, rispetto a quel motel a gestione famigliare, così fatiscente.

Mozart si incamminò a grandi falcate verso la porta

dell'ufficio e fece per aprirla. Questa si aprì e si sentì il campanellino suonare da sopra la porta. La stanza era vuota, ma non passò molto tempo prima che qualcuno uscisse da un locale nel retro del piccolo edificio. Mozart riconobbe quell'uomo, era il proprietario del motel. Aveva chiacchierato di sfuggita con lui, l'ultima volta che era stato lassù.

"Ehi, mi ricordo di te. Serve una camera?"

Mozart si trattenne per non alzare gli occhi al cielo al suono della disperazione di quell'uomo. Ovvio che si ricordasse di lui. Era un uomo grosso e dall'aspetto truce, con un'enorme cicatrice sul volto. Mozart non era il tipo di persone che si potesse dimenticare facilmente. "Forse. Sto cercando Summer. Faceva le pulizie l'ultima volta che sono venuto. Lavora ancora qui?"

Henry sembrava deluso. "Perché? Cos'ha combinato? Ha rubato qualcosa?"

"Santo cielo, no. Perché ti viene subito da pensar male?" disse Mozart arrabbiato. Non conosceva davvero Summer, ma era convinto che fosse del tutto impossibile ritenerla una ladra, si era arrabbiato sentendo che quello era stato il primo pensiero di quell'uomo. Dopo quanto era successo ad Alabama, era molto sensibile quando volavano delle accuse di furto così gratuite.

"Scusa, sai, non saprei dire altro motivo per voler sapere se lavora ancora qui."

"Ma è ancora qui?" brontolò Mozart con impazienza appena contenuta, quasi volendo gettarsi su quel bancone fatiscente per scuotere quell'uomo.

"Già, è ancora qui. Vuoi che te la chiami?" disse Henry cercando di calmarlo, come sapesse che Mozart era sul punto di perdere le staffe.

"No. Dimmi solo dov'è."

Senza nemmeno ipotizzare che potesse essere una cattiva idea dire a uno straniero molto incavolato dove viveva una donna, Henry diresse un pollice verso l'edificio di fianco. "Sta nel magazzino."

Mozart fece un passo indietro, come se quell'uomo l'avesse colpito. "Cosa? Quale magazzino?"

"Ma sì, il magazzinetto. Ci può alloggiare, fa parte del suo stipendio. Tutto gratis. Sai come si dice, vitto e alloggio, ma senza vitto."

"Ma stai scherzando?"

"Uh...no?"

Mozart scosse la testa e si voltò di scatto verso la porta.

"Ti serve una camera per la notte?" ribadì Henry a voce alta alle spalle di Mozart.

Mozart si fermò. Piuttosto che dare dei soldi a quell'uomo avrebbe preferito farsi trapanare in testa, però voleva stare vicino a Summer. Se Summer alloggiava nella struttura, anche lui sarebbe rimasto. Si girò di nuovo verso quell'ometto in piedi dietro al bancone. "Già, una notte. Se decido di rimanere un'altra notte, te lo faccio sapere."

Henry si mise al suo computer obsoleto e pigiò malamente qualche tasto. "Carta di credito?"

Mozart estrasse delle banconote da venti dal portafogli e gliele gettò sul bancone. "Contanti."

"Oh, va bene. Uh, ti metto nella sette, non c'è nessuno vicino, così starai tranquillo." Sentendo che Mozart non diceva nulla, Henry guardò giù e si affrettò a prendere la chiave elettronica per programmarla. Poi passò a Mozart i documenti da firmare e fece un sospiro di sollievo quando lo vide mettere la chiave in tasca e dirigersi fuori dall'ufficio. "Colazione dalle sette alle nove, orari invernali," si sbrigò a dire Henry mentre la porta si chiudeva dietro quell'uomo così grande.

Mozart digrignò i denti nel guardare alla sua destra, mentre usciva dal piccolo ufficio. Lanciò uno sguardo rapido a quel piccolo magazzino appena dietro all'ufficio. Non l'aveva mai guardato davvero prima, perché non ne aveva mai avuto motivo. Perché mai? Era uno stronzissimo magazzino, non era un posto in cui alloggiare. A Mozart non piacque ciò che vide.

Con un solo sguardo vide che l'edificio era traballante. Probabilmente era un centinaio di metri quadri, al massimo, c'era una porta, niente finestre. Alla porta c'era un vecchio lucchetto. Dirigendosi verso quell'edificio, Mozart non riusciva a convincersi che qualcuno potesse davvero *vivere* all'interno. Il proprietario doveva essersi sbagliato.

Non c'erano cavi elettrici collegati al tetto di quel tugurio, ma guardando meglio Mozart riuscì a vedere una prolunga elettrica arancione che strisciava dall'ufficio a una crepa, nel retro dell'edificio.

Mozart si trattenne per un pelo dal reagire. Non era nemmeno lontanamente sicura, figuriamoci se era legale. Sperò con tutte le forze di non trovare Summer in quella stamberga, ma aveva paura che sarebbe rimasto deluso.

———

Summer tremava nel suo sacco a pelo. Non riusciva a scaldarsi. Il vento soffiava nel suo piccolo casotto come se la porta fosse aperta. Ormai aveva lasciato perdere la stufetta elettrica, perché aveva cominciato a tremare facendo dei rumori orribili, la sua paura era che, se si fosse addormentata con la stufetta accesa, questa avrebbe fatto incendiare tutto l'edificio in cui dormiva.

Le girava la testa. Aveva da tempo giramenti di testa, ma quella sera sembravano peggiori. Non era sicura di quale fosse il problema, del resto non aveva modo per scoprirlo. Henry voleva che le baite fossero pulite, non è che potesse darsi malata. Non aveva nemmeno soldi o mezzo di trasporto per andare dal medico.

A Summer quasi venne un colpo quando sentì bussare con decisione alla porta. Nessuno bussava mai alla sua porta. Gli ospiti credevano fosse solo un semplice magazzino, mentre Henry, se aveva bisogno di lei, di solito urlava dalla porta sul retro dell'ufficio per chiamarla.

“Chi è?” chiese Summer tremando.

“Mozart. Apri la porta, Summer.”

"Oh... mio... Dio," sussurrò Summer. Merda, poteva essere davvero lui? *Perché* era lì? Adesso non poteva vederlo. Alzò la voce in modo da farsi sentire e chiese: "Perché, cosa fai qui? Ti serve qualcosa?"

"Sì, mi serve qualcosa, tesoro. Apri questa cavolo di porta." Mozart cercò di non perdere la pazienza con Summer. Aveva sentito nella sua voce un tono sorpreso e sì, anche un po' impaurito.

"Non penso che..."

"Non pensare. Apri solo la porta." Fece una piccola pausa, per cercare di moderare la sua impazienza, poi la pregò. "Per favore? Voglio parlare con te. Ho *bisogno* di parlare con te."

"Non puoi aspettare domattina?"

"No."

"Arrivo subito, possiamo parlare fuori." Summer si mise a sedere sulla branda e aprì la cerniera del sacco a pelo. Merda, faceva un freddo cane. Non aveva alcuna intenzione di lasciar entrare Mozart in quello spazio angusto per parlare. Sarebbe uscita a incontrarlo là fuori, magari sarebbero potuti entrare nell'ufficio, o nel suo furgoncino, o da qualche altra parte, per parlare. A lei non importava tanto il luogo, bastava che fosse un po' caldo.

Summer tirò le gambe fuori da quella tana calda in cui si era accoccolata e si protese verso la torcia che stava sull'angolo del lavandino. Premette il pulsante e il fascio di luce si accese, diretto verso l'alto, a illuminare l'ambiente. Summer si alzò e infilò i piedi nelle scarpe da ginnastica. Indossava ancora i vestiti e le calze, quindi era già pronta per quell'incontro a tarda notte, per quanto le fosse possibile. Si trascinò verso la porta e smanettò con il chiavistello. Summer aprì la porta e fece per uscire, ma fu spinta indietro da un corpo enorme che invadeva il suo spazio personale.

Mozart sapeva che Summer non lo voleva far entrare. Non aveva idea del *come* lo sapesse, ma lo sapeva. Questo lo rese ancor più determinato ad *andare* dentro. Non appena la porta fu socchiusa, lui entrò, spalancandola del tutto e invadendo lo spazio personale di Summer.

"Vai indietro, tesoro. Entro io."

"Oh, uhm..." Summer non trovò modo di dire alcunché, Mozart era già lì, dentro quel piccolo locale, che con lui dentro sembrava ancor più piccolo del solito. Lei vide i suoi occhi perlustrare tutto intorno, dare un'occhiata a ogni angolo, prima di tornare su di lei. Tremava, perché vedeva i suoi occhi, ma anche per il freddo.

Vedere Summer che tremava scosse Mozart, facendolo riprendere dal suo stupore. Si sbottonò immediatamente il giubbotto e se lo sfilò con facilità. Poi appoggiò le mani sulle spalle di Summer per farla girare di spalle. "Braccio," le disse un po' brusco. Quando lei alzò un braccio, lui lo diresse in una manica e poi fece lo stesso con l'altro, che lei aveva alzato nel frattempo. Avvolse il giubbotto intorno al suo corpo e avvicinò la sua schiena alle proprie braccia.

Sembrava ancor più magra di quando l'aveva avuta

tra le braccia pochi mesi prima. Summer tremava leggermente e Mozart poteva sentirla oscillare sul posto. Mozart la strinse meglio tra le braccia, la tenne contro il suo corpo, per far sì che il calore del suo corpo arrivasse alla pelle di lei.

"Mi dispiace, tesoro." Non era quello che aveva immaginato di dire. Mozart si era preparato tutto un discorso per spiegarle quanto era stato impegnato, a quante missioni aveva dovuto partecipare, quanto avrebbe desiderato tornare a vederla, senza poterlo fare. Ma vedendo come viveva e le condizioni in cui era, avrebbe voluto solo prendersi a calci da solo. Le scuse erano necessarie per tanti motivi, l'ultimo dei quali era non essere tornato in montagna come le aveva promesso.

Summer, fedele a se stessa, non chiese spiegazioni, non cercò di umiliarlo, ma si limitò ad annuire dicendo: "Va bene."

Mozart la fece girare per vederla in viso e le mise una mano sulla spalla, mentre con l'altra le alzava il mento: "Mi dispiace davvero, tesoro. Ti avevo detto che sarei tornato e non sono tornato se non stasera."

Summer scrollò appena le spalle. "Va bene, Mozart. Non credevo dicessi sul serio."

Le mani di Mozart la strinsero meglio. "Che vuol dire 'non credevo dicessi sul serio'? L'avevo detto, vero?"

"Le persone dicono un sacco di cose continuamente. Ho scoperto che quasi sempre poi non mantengono ciò che promettono."

"Allora, quando *io* dico qualcosa, poi mantengo. Però avrei dovuto tornare prima. Ti ho delusa."

"Mozart..."

Sapendo che lei l'avrebbe discolpato di nuovo, la interruppe: "No. Dimmi che credi in me. Dimmi che sai che quando dico qualcosa poi lo faccio."

Alla vista degli occhi di lei, che continuava ostinata a stringere le labbra, Mozart non poté far altro che ridere. "Va bene, forse sembro un po' presuntuoso, lo ammetto, ma detesto sapere che pensi che nessuno faccia quello che promette." Mozart l'avvolse di nuovo con le braccia, poi la sollevò mentre si sedeva con cautela sulla branda pericolante. Fece sedere Summer sulle sue ginocchia e continuò ad abbracciarla. Senza dire altro, si guardò intorno una seconda volta in quella stanzetta.

La stufetta elettrica era abbandonata in un angolo, spenta e silenziosa. La prolunga elettrica era inserita, usciva da sotto il bordo di una tavola di legno che componeva la parete. C'era un lavandino, ma era vecchio e crepato. Delle mensole erano appese alla parete posteriore e a quella laterale, sopra il lavandino, erano piene di bottiglie con materiali per le pulizie e cenci di ogni sorta. Appoggiata alla parete posteriore c'era anche una valigia. Era chiusa, ma non con la cerniera.

Mozart chiuse gli occhi e appoggiò la testa sulla spalla di Summer. Lei piegò la testa appoggiandola sul suo petto e assunse una posizione strana, seduta sulle sue ginocchia, con le mani tra i due corpi, che tiravano il giubbotto per chiuderlo bene.

Alzandosi all'improvviso, con Summer ancora tra le braccia, lui l'afferrò stretta, cogliendola di sorpresa. "Shh, Ci penso io, tesoro. Ti serve qualcosa per la notte?"

"Uh...no?"

Sentendo la sua risposta, Mozart fece un passo verso la porta e piegò la schiena, per far sì che Summer potesse raggiungere la maniglia. "Per favore, aprimi la porta." Summer fece quanto richiesto e Mozart uscì, camminando nella notte fredda, con Summer stretta al proprio petto. Richiuse la porta dietro di sé calciandola con uno dei suoi stivali e si incamminò a grandi falcate verso la baita numero sette. Arrivato all'entrata, depose a terra i piedi di Summer, senza però lasciar andare il braccio che l'avvolgeva in vita. Tenendola vicina al proprio corpo, Mozart prese la scheda che aveva in tasca e la inserì nel lettore della serratura per aprirla. Si sentì lo scatto e Mozart aprì la porta spingendola.

Summer non disse una parola, mentre Mozart la portava in braccio attraverso il parcheggio e apriva la porta di una baita. Lui le appoggiò una mano tra le scapole e la guidò all'interno della stanza, dopo aver aperto l'uscio. Poi continuò a camminare fino a raggiungere il bagnetto.

"Fai una bella doccia calda, tesoro. Quando finisci vado a prenderti qualcosa da indossare. Scaldati. Tornerò. Faccio solo un giretto veloce in città. Non aprire a nessuno. Dico davvero. Anche se fosse il tuo capo a bussare, ignoralo. Fai con calma nella doccia. Capito?"

Summer non poté far altro che annuire a Mozart. Era confusa e anche un po' stordita. Non si aspettava di rivedere Mozart, eppure lui era lì. Sapeva che lui non le stava *chiedendo* qualcosa, in realtà le stava dicendo cosa fare. Però in quel momento non aveva problemi a soddisfare le sue pretese. Stava di merda e aveva freddo fino al midollo. Una doccia calda era un'idea divina.

Guardò Mozart che si protendeva per sfiorarle la fronte con le labbra. "Vai pure. Torno subito con qualcosa da metterti. Te lo metto qui, fuori dalla porta. Poi vado in città."

"Va bene, Mozart. Grazie." Summer sapeva che avrebbe dovuto reagire ai suoi modi di fare un po' troppo da capobranco, ma non poteva.

"Non ringraziarmi, tesoro. Penso a tutto io."

"A cosa?" rispose Summer, confusa. "Di cosa stai parlando?"

"Dai, fatti una doccia. Poi parliamo quando torno."

"Santo cielo, che rottura," sbottò Summer, mostrando finalmente un po' di decisione, mentre si sfilava dalle sue braccia per fare ciò che lui le chiedeva.

Mozart rise e sussurrò: "Di sicuro ti romperò le scatole sempre di più, man mano che ci conosciamo, però ricordati che penso sempre e solo al tuo bene."

"Vabbè," fu il massimo della risposta che Summer

riuscì a proferire. Era una risposta fiacca, ma la doccia la stava chiamando e lei aveva davvero un freddo cane.

Mozart lasciò andare Summer e la guardò incamminarsi nel bagnetto e chiudersi la porta alle spalle. Poi sospirò e si mise le mani nei capelli, grattandosi tutta la testa. Santo cielo, lei aveva vissuto tutto questo tempo in quel tugurio e lui si era inventato delle scusanti per non essere tornato da lei. Mozart avrebbe dovuto fare più attenzione alle sue condizioni, quella sera, quando l'aveva portata fuori a cena. Aveva avuto a disposizione tutti gli indizi, ma li aveva ignorati. Che grande osservatore, per essere un Navy SEAL. Oddio, che stronzo idiota.

Ma ora era lì e avrebbe rimediato. Mozart si sarebbe assicurato che lei non avesse più fame o freddo. Non era certo che la sua soluzione le sarebbe piaciuta, ma non gliene fregava nulla. Lei era *sua*, dannazione. Era una donna vulnerabile, ma allo stesso tempo pepata. Era una donna giovane e ingenua, appena ventenne, ma era come lui. Consumata. Era una combinazione intrigante, per Mozart. Non era stato tanto a pensarci su. Era sua. Lo aveva capito subito, quando aveva visto che cercava di far finta di nulla, come se fosse normale vivere in quel buco, quando gli aveva detto che non si aspettava che tornasse.

Mozart uscì dal suo furgoncino e prese la sua borsa, insieme a una bottiglia di gassosa che aveva dimenticato di bere mentre guidava verso il lago. Rientrò nella baita e gli venne in mente di alzare subito al massimo il riscaldamento nella camera. Una stanza troppo calda l'avrebbe messo a disagio, ma era certo che Summer avrebbe apprezzato qualche grado in più, ci avrebbe scommesso. Mozart sorrise, sentendo il rumore della doccia. Si immaginò Summer in piedi sotto il getto d'acqua della doccia, nuda come mamma l'aveva fatta. Distolse i suoi pensieri per disinnescare l'erezione e tirò fuori dalla borsa una maglietta. In genere non indossava biancheria intima, quindi non poteva nemmeno prestarle dei boxer, che comunque non le sarebbero andati bene.

Tirò fuori degli altri vestiti e trovò un paio di pantaloncini con cui era solito andare a correre. Sapeva le sarebbero andati molto larghi, ma non voleva che fosse a disagio, non avendo nulla da mettersi per coprirsi la parte bassa del corpo. Mozart si avvicinò alla porta del bagno e l'aprì lentamente. Dalla porta uscì il vapore e lui non trattenne un altro sorriso. Sapeva di aver detto a Summer che avrebbe lasciato i vestiti fuori dalla porta, ma non si sarebbe trattenuto dall'entrare nel bagno, neanche sotto tortura.

"Tesoro? Lascio una maglietta e il resto della roba sul lavandino. Ti ho portato anche una gassosa. Bevila pure. Lo zucchero ti farà bene." Non sentendo una risposta pronta, la chiamò a voce alta: "Tutto bene?"

Sentì un mezzo strillo soffocato, poi la vide affacciarsi dalla tenda della doccia. Ovviamente non l'aveva sentito aprire la porta e parlarle.

"Mozart? Fuori di qua!"

"Va bene, vado. Volevo solo essere sicuro che stessi bene, prima di andarmene. I vestiti sono sul lavandino, bevi la gassosa che ti ho lasciata."

"Va bene. Adesso vai!"

Summer sentì Mozart ridere mentre chiudeva la porta del bagno. Avrebbe dovuto prendersela di più con lui, ma non riusciva. Non si faceva una doccia serena e tranquilla da un'eternità, era al settimo cielo. Summer afferrò il piccolo shampoo economico che aveva messo in camera quella mattina e si lavò i capelli due volte, usando la schiuma per insaponarsi la pelle e pulirsi meglio che poteva. Poi mise il balsamo ai capelli e li sciacquò.

Infine girò la manopola per far uscire l'acqua calda al massimo, Summer sedette e si lasciò colpire dal getto d'acqua sulla schiena, raccogliendosi in fondo alla vasca. Gemette, mentre l'acqua le colpiva le scapole massaggiandole i muscoli.

Ignara del tempo che passava, Summer alla fine allungò una mano dietro la schiena per chiudere l'acqua, ma rimase ancora seduta per qualche attimo. Il bagno era tutto pieno di vapore, riusciva a vedere appena a qualche centimetro di distanza. Aveva avuto freddo così a lungo, che il calore le sembrava un dono del cielo. Poi si alzò, barcollando un po' per il caldo e per la fame, e sbirciò fuori dalla tenda della doccia, per assicurarsi di essere da sola.

Vedendo che la porta era ancora chiusa, tirò da parte la tendina e protese un braccio per prendere un asciugamani. Era piccolo e logoro, ma a Summer non importava. Una volta asciutta, si infilò dalla testa la maglietta di Mozart e si mise a ridere, perché le arrivava fino a metà delle cosce. Provò a infilarsi i pantaloncini, ma capì subito che sarebbe stato impossibile. Erano di troppe taglie più grandi e non le sarebbero rimasti indosso in alcun modo. Li lasciò sul mobiletto e pregò che Mozart rimanesse il gentiluomo che era stato fino ad allora. Summer non voleva rimanere completamente nuda sotto la maglietta, quindi si infilò di nuovo le stesse mutandine.

Vedendo la gassosa sul mobiletto, sentì la bocca secca dalla sete. Non era abituata alle bibite gassate, ma in quel momento desiderò berla senza aspettare un secondo di più, come se da questo dipendesse la sua stessa vita. Svitò il tappo, ascoltò con gusto il sibilo dell'anidride carbonica sotto pressione che usciva dalla bottiglia. Summer ribaltò la bottiglietta e tracannò la bibita. Era tiepida, ma molto buona. Finì la bottiglia con un sospiro felice. Il suo sospiro fu seguito subito da un rutto gigantesco. Arrossì, sperando con tutta se stessa che Mozart non fosse seduto là fuori, in camera, a farsi una risata.

Summer aprì completamente la porta del bagno, guardando il vapore che usciva rapidamente mentre spingeva per aprirla, poi si incamminò nella cameretta del motel. Mozart non era ancora tornato, ovunque fosse andato, così, evitando il letto, lo aggirò per raggiungere la poltroncina nell'angolo, si sedette e alzò le ginocchia al petto, tirando la maglietta enorme sulle ginocchia in modo da coprirsi dal collo ai piedi.

Sapeva che Mozart aveva delle domande da farle, non le piacevano il modo e le condizioni in cui l'aveva trovata. Summer non aveva fatto nulla di male, ma sapeva che avrebbero dovuto parlarne. Doveva solo capire quanto sarebbe stata disposta a dirgli. Summer non era certo abituata a scodellare tutta la sua triste vita a chiunque. Avrebbe voluto fidarsi di Mozart, ma ricordava anche bene quanto l'aveva ferita la promessa di ritornare, quando poi non si era fatto più rivedere fino ad allora.

Summer inclinò il capo da un lato mentre pensava a Mozart. Lui *era* tornato. Non aveva mai detto dopo quanto tempo sarebbe tornato; solo che l'avrebbe fatto. Quindi, tecnicamente, non aveva tradito alcuna promessa. Summer sospirò. Avrebbe improvvisato per vedere cosa voleva, al suo rientro. Forze Mozart voleva solo tenerla al caldo per una notte. In fondo era un SEAL; era nel suo DNA salvare le persone. Magari non era tornato per altro, se non per tener fede alla parola data, o per farsi qualche altra camminata.

Odiava l'attesa. Mozart sarebbe tornato, prima o poi. Appoggiò la testa sul lato della poltroncina e si addormentò rapidamente, con la consapevolezza di essere, almeno per il momento, al sicuro e al caldo.

———

CAPITOLO SETTE

———

MOZART SPOSTÒ con destrezza le borse che aveva in mano mentre apriva la porta della sua camera al motel. Era andato in città a cercare qualcosa da mangiare. Sapeva che Summer non l'avrebbe mai ammesso, ma doveva avere fame per forza. Non aveva visto niente da mangiare in quel dannato magazzino in cui viveva, e ovviamente si ricordava quanto le era piaciuta la bistecca che aveva mangiato quando erano usciti a cena, due mesi prima.

La camera era scura, eccezion fatta per la luce che proveniva dalla porta aperta del bagno. Mozart si guardò attorno e trovò Summer tutta curva sulla poltroncina nell'angolo della camera. Appoggiò in silenzio le borse con il cibo e si avvicinò al punto in cui lei stava dormendo. Mozart si inginocchiò davanti alla poltroncina e le mise una mano su un ginocchio, ancora coperto dalla sua maglia, appoggiando l'altra alla poltrona. Le carezzò delicatamente il ginocchio, cercando di farla risvegliare lentamente, in modo da non spaventarla.

"Summer? Svegliati, tesoro." Mozart fece un gran sorriso sentendola grugnire nel sonno, mentre si voltava più di lato sulla poltroncina. "Andiamo, svegliati."

Summer aprì appena gli occhi verso Mozart, poi li richiuse di nuovo. "Devo proprio?" sospirò, con un tono più lamentevole di quanto non intendesse.

Mozart sorrise di nuovo ampiamente. Dio, quanto era bella. "No, non proprio, ma sono andato a cercare un negozio aperto anche di notte e ho trovato da mangiare."

Gli occhi di Summer si aprirono di scatto, un po' comicamente. "Mangiare? Cosa c'è da mangiare?"

Mozart passò una mano sulla sua guancia. Da un lato avrebbe voluto prendere le sue azioni con leggera ilarità, ma non poteva. Molte delle donne che conosceva sarebbero state contentissime di rimettersi a dormire, ma lui sapeva per esperienza personale che, quando al corpo mancano le energie, il cibo riesce sempre a scalzare il sonno.

"Siediti, guarda tu stessa, tesoro."

Summer si portò più in avanti e fece per alzarsi. La maglietta fu tirata in alto e le scoprì ginocchia, per fortuna tenendole coperto il resto. Mozart non si era spostato, era ancora al suo fianco, con la mano appoggiata sul ginocchio, ora denudato. Si fissarono reciprocamente per un momento.

"La tua cicatrice ha un aspetto migliore," disse lei tutta tranquilla, alzando la mano per toccare la peggiore delle cicatrici sul suo volto.

Mozart sbottò. "Già, Ice ha insistito perché la trattassi con una stupida crema ogni sera. Io le dico sempre che a me non importa, ma lei non si arrende. Lo faccio solo per farla tacere."

"Beh, sembra proprio che sappia il fatto suo. Ha davvero un aspetto migliore, Mozart." All'improvviso le venne in mente che lui potesse pensare che a lei importava, così Summer si corresse svelta: "Non che prima fosse brutta…"

"Shhhh, va bene." Mozart le appoggiò le dita sulle labbra per evitare che dicesse qualcos'altro, per poi sentirsi ancor più a disagio. "So cosa intendi. Mi piace stuzzicare Ice, ma la crema funziona davvero, si sente che va meglio." Vedendo il viso di Summer rilassarsi sollevato, Mozart proseguì: "Ora andiamo, alzati e guarda cosa ti ho portato. Non mi ero fermato mentre venivo qui, quindi ho preso un po' di tutto." Summer non avrebbe mai scoperto che stava mentendo quando diceva di non essersi fermato a mangiare, ma non voleva che fosse a disagio per tutta la roba che aveva comprato.

Summer si alzò, ma sarebbe ricaduta se Mozart non fosse intervenuto per aiutarla a mantenere l'equilibrio. "Wow, fai con calma. Di certo il calore della doccia ti farà girare la testa. Lascia che ti aiuti."

Summer era troppo imbarazzata per dire altro, e per dirla tutta era accecata dalla fame e non le importava nemmeno troppo. Lasciò che Mozart l'accompagnasse sul letto.

"Ecco, siediti qua, intanto vado a prendere le borse."

Summer si sedette a guardare Mozart che si abbassava per prendere le borse con una mano. Poi lui le si sedette di fianco sul letto con un ginocchio piegato e con l'altro piede puntellato sul pavimento. Poi apri le borse per estrarre un filone di pane, un vasetto di burro di arachidi, un pacchetto di sei succhi di frutta in scatola, un vasetto di sottaceti, due lattine di mais, fagiolini e carote, due scatole di barrette di cereali, una confezione di provolone, tacchino affettato, una borsa di insalata, una bottiglietta di salsa per l'insalata, una borsa piena di mele e arance.

Mozart guardò con un certo imbarazzo tutto quel cibo sparso intorno a loro sul letto. Summer lasciò cadere la testa all'indietro e si mise a ridere. "Santo cielo, Mozart, pensavo fossi uscito a comprare 'qualcosina' da mangiare!"

Summer non era pronta a lasciare che Mozart si sdraiasse verso di lei mettendole la mano sui fianchi. Lui continuava ad avvicinarsi, finché Summer non ebbe altra scelta se non di tirarsi indietro e appoggiarsi di peso alle mani, dietro la schiena, altrimenti lui le sarebbe stato addosso. Mozart aveva uno sguardo molto serio. Lei si aspettava che si mettessero a ridere insieme per il cibo, invece a quanto pare lo aveva interpretato male.

"Non mangi abbastanza. Sei perfino più magra di quando ti ho tenuta tra le braccia, un paio di mesi fa.

Non va bene. Ho preso tutto quello che pensavo potesse durare senza un frigorifero. Tranne per l'insalata e il formaggio e il tacchino, tutto ciò che può stare in quel dannato sgabuzzino in cui vivi. Devi mangiare più proteine. Non mi piace che ti giri la testa quando ti alzi, certamente non va bene che il tuo letto sia solo una branda rotta con un sacco a pelo, in un edificio che ha i muri bucati. Poi *davvero* non mi piace il fatto che l'unica fonte di calore sia una stufetta elettrica dall'aspetto spaventoso, che può incendiare tutta la struttura da un momento all'altro." Mozart tenne pollice e indice vicini a un paio di centimetri, per illustrare meglio il suo ultimo pensiero, poi avanzò ancora un poco. "Non so perché mi importa così tanto, ma mi importa. Non posso spiegarmelo meglio di quanto non possa tu, tesoro. Ho fatto un errore nel non tornare prima, ma adesso sono qua, non voglio certo spaventarti, ma non ho intenzione di andare da nessuna parte."

Summer non poté far altro che starlo a guardare con gli occhi spalancati. Le sue parole l'avrebbero *dovuta* spaventare. Era una donna indipendente, poteva prendersi cura di se stessa, ma ultimamente non le era riuscito così bene, ed era stanca. Ormai non desiderava altro che quest'uomo si prendesse cura di lei. Se ciò significava che era debole, allora amen. Summer aveva fame, era stanca e aveva freddo. In quel momento, Mozart si stava offrendo di alleviare tutti e tre quei pesi. Avrebbe accettato tutto ciò che poteva, sperando in bene. Summer disse l'unica cosa che le riuscì in quel momento. L'unica cosa che pensava. "Va bene."

"Va bene?" la guardò Mozart, confuso.

"Va bene."

Un sorriso si fece strada lentamente sul volto di Mozart, che scosse la testa ritraendosi per darle un po' di spazio. "Mi vuoi tenere sulle spine, vero tesoro?" Non le lasciò il tempo di rispondere. "Allora, cosa ti va di mangiare?"

Summer si sedette meglio e guardò tutti i cibi che avevano intorno. "L'insalata." Aveva mangiato così tanto cibo spazzatura negli ultimi mesi che il suo corpo aveva una voglia matta di verdure. "E una lattina di fagiolini. Poi un'arancia per dessert."

"D'accordo. Stai pure seduta, preparo tutto io." Mozart fece per alzarsi dal letto, ma non prima di aver passato la sua grande mano sulla testa di lei e avere scostato una ciocca dei suoi capelli biondi dietro l'orecchio. Poi si concentrò sul cibo, usò un qualche attrezzo che aveva tirato fuori dalla sua cintura per aprire la lattina di fagiolini. La passò a Summer, insieme a una forchetta di plastica, per poi aprire la borsa di lattuga. Mozart guardò con la coda dell'occhio per vedere se Summer stava affondando la forchetta nella lattina. Ancora una volta, vide che lei cercava di controllarsi per non ficcare la testa nel cibo fino al naso, ma l'autocontrollo era un po' meno di quello che aveva mostrato quando erano usciti a mangiare.

Mozart rovesciò la lattuga in una ciotola grande di

plastica, anch'essa presa al negozio, poi aprì il formaggio e anche il tacchino. Preparò dei pezzetti di carne e formaggio e li mescolò con la lattuga. Poi aggiunse del condimento, più di quanto lei avrebbe usato normalmente, ma le servivano delle calorie.

Mozart le passò l'insalatona e un'altra forchetta di plastica, poi si sedette sul letto, vicino a lei, sbucciando un'arancia mentre lei mangiava. Non dissero nulla, si goderono in silenzio la compagnia. Mozart non poté non sentirsi un po' un cavernicolo. Era andato fuori a trovare da mangiare per la sua donna. Le forniva il cibo, il calore, un luogo sicuro per dormire, tutto ciò che gli psicologi descrivevano come essenziale per il benessere di una persona.

Summer mise da parte la ciotola di insalata che aveva praticamente divorato e sospirò. Era sazia, ma aveva ancora voglia del dolce dell'arancia, il cui profumo ora permeava l'aria intorno a loro. Allungò una mano verso il frutto, ma Mozart lo spostò lontano dalla sua portata.

"Apri," chiese lui, con voce bassa ma decisa.

Summer alzò lo sguardo e incontrò sul suo viso uno sguardo determinato e desideroso. "Ce la posso fare, Mozart."

"Lo so che puoi, ma vorrei farlo io. Dai, apri."

Summer guardò Mozart negli occhi e capì che su questo punto sarebbe stato irremovibile. Così aprì la bocca e con un lamento morse il primo spicchio di arancia che Mozart le mise in bocca. Strabuzzò gli occhi e arrossì. L'erezione di Mozart non poteva essere più evidente di così, anche perché lui non faceva nulla per nascondergliela. Aveva le gambe divaricate, si era seduto di nuovo sul letto, girato su un fianco.

Vedendo dove erano caduti gli occhi di Summer, Mozart le sorrise. "Non posso farci nulla, tesoro. I rumori che hai fatto con la bocca sono così eccitanti. Ma sono un uomo paziente. Aspetterò tutto il tempo necessario per farti sentire a tuo agio con me. Però ti avverto, non vuol dire che non cercherò di fare un po' di pressione per farti sentire a tuo agio con me un po' prima, piuttosto che chissà quando."

Le porse un altro spicchio di arancia. Invece di rispondere a quei commenti allusivi, Summer si protese verso Mozart e gli prese il polso. Lo afferrò senza mai perdere il contatto visivo e prese in bocca lo spicchio di arancia. Lo spostò su un lato e gli risucchiò un dito in bocca allo stesso tempo. Gli leccò la falange e gli morse la punta, per poi tirarsi indietro e lasciar andare il suo polso. "Non capisco perché pensi che mi servirà del tempo per sentirmi a mio agio con te, Mozart. Mi sento più rilassata con te che col mio ex, con cui sono stata sposata dieci anni."

Summer guardò affascinata un muscolo contrarsi nella mandibola di Mozart. Aveva una mano stretta a pugno così forte che le nocche sbiancavano. Lo guardò che si portava alle labbra il dito che lei aveva tenuto in bocca, per metterlo in bocca e succhiarselo a sua volta. Senza mai interrompere il contatto visivo, aprì l'altra mano e la portò dietro alla nuca di lei, per avvicinarsela. Summer adorava quando Mozart lo faceva, per quanto l'avesse fatto solo un'altra volta, in passato, lei non aveva dimenticato quella sensazione. Era una forma assoluta di controllo, ma le dava conforto, senza dubbio.

"Hai finito di mangiare, tesoro?"

Summer annuì quanto poteva, stretta in quello strano abbraccio.

"Ecco cosa faremo. Io metto via il resto del cibo, tu ti accoccoli sotto le coperte. Poi mi cambio e vengo subito da te. Stanotte non faremo l'amore, ma dormirai tra le mie braccia. Ci conosceremo meglio e quando sentiremo entrambi che è il momento giusto ti prenderò con così tanta passione che dimenticherai tutto e tutti, certamente ti passerà la voglia di stare con chiunque altro. Capito?"

Summer tremò dal piacere e gli rispose con un filo di voce: "Capito."

"Gesù, tesoro. Devo saperlo prima di lasciarti andare. Indossi qualcosa sotto la mia maglietta?"

Summer ridacchiò e fece cenno di sì con la testa. "I pantaloncini erano troppo larghi, ma sì, mi sono rimessa le mie mutandine.."

"Oddio. Va bene, ora mi alzo, tirati su e vai sotto le coperte. Io preferisco stare a destra; è più vicino alla porta."

Summer fece come le diceva Mozart, senza mai staccargli gli occhi di dosso per tutto il tempo. Lo guardò raccogliere il cibo e metterlo nell'armadio. Poi Mozart si diresse in bagno, lei sentì il rumore dello sciacquone e quello di lui che si lavava i denti. Infine, Mozart spense la luce e nella camera tornò il buio. Sentì Mozart entrare sotto le coperte, al suo fianco. Summer non aveva riflettuto sul perché lui avesse detto di volersi mettere vicino alla porta, quando l'aveva detto, ma ora, sdraiata al buio, sapere che lui si sarebbe trovato tra lei e chiunque avesse cercato di entrare le fece venire la pelle d'oca su tutto il corpo. Nessuno aveva mai fatto nulla del genere per lei, prima. Il suo ex non l'aveva mai protetta in alcun modo, presumendo che poteva fare da sola.

Summer era un po' tesa nel letto, si chiedeva quale sarebbe stata la mossa successiva di Mozart, ma non dovette aspettare a lungo. Lui si girò e la prese tra le braccia. La fece girare, perché gli dava le spalle, poi la tirò a sé per abbracciarla.

Lei portò in avanti le braccia e riuscì a sentire il corpo di lui, si era tolto la maglietta. Summer appoggiò il palmo della mano sul suo petto e infilò la testa nella cavità tra il suo collo e la spalla. Poi inspirò con forza, sentendo un profumo adorabile. "Come sei caldo."

Summer sentì che lui annuiva e le baciava la testa, prima di appoggiare di nuovo la testa sul cuscino. "Shh, dormi pure, tesoro."

"Devo alzarmi entro le otto per prendere un po' della colazione," mormorò assonnata Summer.

"Ho detto 'shh'. Non preoccuparti per domani. Ci penso io."

"Va bene...Mozart?"

Lui sospirò e con un tono quasi contrariato. "Ancora non dormi?"

"Volevo solo dirti... grazie per essere tornato. Di solito le persone non lo fanno."

Mozart strinse Summer più vicina e non seppe trovare le parole giuste da dire, così rimase in silenzio finché Summer non si addormentò tra le sue braccia. Solo allora sussurrò nel silenzio della camera: "Mi dispiace averci messo così tanto. Per te ci sarò sempre, tesoro."

CAPITOLO OTTO

Summer si risvegliò lentamente, il mattino dopo. Nella stanza entrava la luce del sole. Capì subito che era molto più tardi del dovuto. Doveva affrettarsi per non mancare alla colazione. Se si perdeva il cibo che Henry offriva agli ospiti, non avrebbe avuto nulla da mangiare, lo sapeva. Si rotolò nel letto, ma le sovvenne all'improvviso che non era nel suo solito magazzinetto.

Summer non si sentiva così bene da tanto tempo. Non aveva crampi allo stomaco e aveva caldo. Ma non solo, per la prima volta da mesi, la schiena non le faceva male. I materassi nelle baite non erano certo il massimo, ma di sicuro erano un sacco meglio della branda su cui dormiva di solito. Summer si infilò meglio sotto le coperte, senza curarsi per nulla, almeno per una volta, del fatto che si sarebbe persa con ogni probabilità la colazione.

Mozart non era in camera. Summer ricordò di

essersi svegliata alcune volte durante la notte, girandosi nel letto, per trovarlo lì, addosso a lei, che l'abbracciava di nuovo. Credette anche di ricordarsi che le sussurrava parole rilassanti, ma non riuscì a farsi venire in mente nulla di ciò che le aveva detto. Si rigirò ancora nel letto e annusò il cuscino sui cui lui aveva appoggiato la testa. Santo cielo, era proprio presa.

Summer si mise seduta e si raggomitolò in modo da avere il sedere vicino alla testiera del letto, poi si guardò intorno. Le borse col cibo erano appoggiate all'armadietto contro il muro. La TV era vecchia, ma funzionava ancora bene. Vide la borsa di Mozart sul pavimento, vicina all'armadio; vedendola si sentì confortata, perché almeno significava che non se n'era andato.

Fu però sorpresa di notare la propria valigia vicina al suo borsone. Ovviamente Mozart era andato al magazzino per recuperarla e portargliela. Almeno poteva indossare qualcosa di suo, adesso. Per quanto Summer volesse continuare a indossare la maglietta di Mozart, sapeva che prima o poi avrebbe dovuto indossare i suoi vestiti.

Scostò le coperte, per una volta senza tremare per il freddo dell'aria mattutina, poi si incamminò di sottecchi verso il bagno. Era meraviglioso, quanto era bello non dover uscir fuori e andare in un altro edificio anche solo per fare la pipì.

Summer era appena uscita dal bagno per andare a prendersi la sua roba nella valigia, per prepararsi, quando la porta si aprì. Lei rimase immobile sul posto, ma tirò un sospiro di sollievo quando vide che era Mozart.

"Ehi," gli disse, poi fece un passo indietro mentre Mozart le si avvicinava. Aveva un'espressione seria in volto e non si fermò finché lei non fu con la schiena al muro.

Le arrivò addosso e mise le braccia al muro, su entrambi i lati della sua testa. La sua bocca era così vicina a quella di lei, che bastava un movimento di un paio di centimetri perché si toccassero. "Buongiorno, tesoro. Dormito bene?"

Summer non riuscì a far altro che deglutire sonoramente e annuire in silenzio.

"Bene. Ti piace la camera?"

Non sapendo dove voleva arrivare con queste domande, rispose: "Ah, sì, va bene."

Mozart sorrise e staccò un braccio dal muro per accarezzarle i capelli e spostarli dal suo viso, per portarglieli dietro l'orecchio. "Bene, Per l'inverno rimarrai qui."

Lei inclinò la testa da un lato. "Cosa?"

"Hai sentito bene, rimarrai qui invece di quel dannato tugurio."

"Invece no," ribatté Summer, un po' irritata.

"Già, invece sì. Ho fatto una bella chiacchierata con Henry, stamattina, abbiamo trovato un accordo."

"Ecco qua. *Tu* ti sei messo d'accordo, non io. Io non posso permettermi di stare qui." A Summer adesso non piaceva che Mozart invadesse il suo spazio personale.

All'inizio aveva adorato il suo fare così protettivo, almeno così le era sembrato, ma adesso cominciava a vederne gli svantaggi.

"So che pensi che voglio controllare tutto, ma ascoltami per un secondo. Per favore?"

Gesù, se Mozart avesse preteso urlando, lei avrebbe potuto resistergli. Ma pregarla di ascoltarlo? Cavolo. "Sentiamo."

Summer si accorse che Mozart cercava di celare un mezzo sorriso, ma prima ancora di poterlo attaccare per questo, lui proseguì: "Ho parlato con Henry delle condizioni poco igieniche in cui vivevi. Non credo che quanto gli ho detto lo abbia sorpreso, però la sua attenzione è scattata quando gli ho riferito di aver già parlato con il Better Business Bureau[1]."

Summer deglutì. "Non dirmelo!"

"Ovviamente non l'ho fatto, ma *lui* non lo sapeva. Gli ho detto solo che, dato che durante l'inverno non tutte le camere erano impegnate tutte le notti, il minimo che potesse fare era accettare che tu ne occupassi una. Naturalmente te la dovrai pulire da sola, e lui non ha ceduto sulla cosa dei pasti, ma almeno avrai un posto caldo e sicuro in cui alloggiare." Mozart si fermò. Avrebbe tanto preferito tirare il collo di quell'uomo. Non gliene fregava nulla che Summer morisse dal gelo e fosse praticamente alla fame. Se Mozart avesse potuto fare a modo suo, avrebbe riportato Summer a Riverton quella notte stessa, ma il suo istinto gli diceva che lei non avrebbe accettato. Era una donna fiera e indipendente.

"Posso dormire qui?"

L'incredulità con cui lo interrogava fece ribollire il sangue a Mozart. Nessuno dovrebbe mai pensare che la vita in un motel lercio come questo possa essere la risposta alle sue preghiere. "Già, tesoro. Puoi dormire qui. E puoi anche tenere qui la tua roba. Alloggerai qui fino a primavera, o finché non troverai qualcos'altro." Sentì di dover aggiungere quell'ultima parte, perché sperava nel profondo e contro ogni evidenza che lei desiderasse qualcos'altro... via dalle montagne, a Riverton.

"Non so che dire."

Mozart le si avvicinò ancora. "Puoi dire 'grazie, Mozart' e poi baciarmi per ringraziarmi come si deve."

Summer spalancò un gran sorriso. "Grazie, Mozart." Si protese verso di lui, ma all'ultimo attimo si scostò per andargli a baciare le cicatrici sulla guancia.

Mozart rise e l'afferrò intorno alla vita, fece due passi indietro e si lasciò cadere sul letto di schiena, sempre con Summer tra le braccia. Summer strillò e si mise a ridere mentre cadevano. Lui rimbalzò sul letto e la prese per i fianchi, avvicinandoli ai suoi.

Summer si rialzò per ammirare l'uomo che stava sotto di lei. Poteva sentire la tensione dei muscoli di Mozart. Poteva spostarla a destra e a manca come fosse un bambino, c'era una parte di lei che l'adorava. Si capiva che faceva in modo di non farle male, ma aveva senz'altro il controllo. Anche adesso che se la teneva stretta. Non avrebbe potuto muoversi senza che la lasciasse, ma lei non era preoccupata. Summer sapeva che, al minimo movimento, anche solo alla minima indicazione di non voler più stare lì dov'era, lui l'avrebbe lasciata andare.

La maglietta che indossava si era arrotolata sulle sue cosce mentre si muoveva. Non era troppo provocante, ma ci mancava poco. Le mani di Mozart la carezzavano in vita e i pollici andavano su e giù sul suo stomaco. Lei si mosse e sentì che sotto di lei gli stava venendo duro. L'unica cosa che li separava erano i jeans di lui, qualunque altra cosa indossasse sotto e quel piccolo indumento di cotone che la copriva nell'intimo.

"Mi sono ripromesso di andarci piano, con te, tesoro, ma così è davvero dura."

"Lo sento." Summer sorrise di nuovo e si spostò ancora sulle gambe di lui, sentendo quanto era "dura" davvero.

Mozart portò indietro la testa e la lasciò cadere sul letto. "Immaginavo fossi una pantera a letto, ma non era ancora mia intenzione portartici, anche se non mi dispiace affatto che siamo qui." Rialzò la testa e la guardò. "Non hai idea di quanto è stato difficile per me lasciarti a letto stamattina. Eri lì, sdraiata di fianco a me, accoccolata tra le mie braccia. Avevi una gamba appoggiata su di me, ne sentivo il calore sulla mia gamba, proprio come adesso. Se non mi fossi ripromesso di andarci piano, mi sarei tuffato a gran forza per averti, ci saremmo stretti così tanto da cancellare ogni distanza."

"Mozart," sussurrò Summer, eccitata quanto mai era stata in vita sua. Accarezzò il suo petto con le mani, massaggiandolo mentre lui parlava.

"Non vado fiero del mio passato, Summer. Prima o poi ne sentirai parlare, preferisco dirtelo io di persona. Ho avuto molte più donne del dovuto, ma nessuna era importante per me. Non ci ho mai pensato due volte, ho sempre fatto sesso per poi abbandonarle il mattino dopo. Senza mai guardarmi indietro. Mai una volta. Finché non ho trovato te. Di certo, quando incontrerai i miei amici, si divertiranno a raccontarti che sciupafemmine sono stato e sarà tutto vero. Ma te lo giuro, proprio qui, in questo momento, è tutto passato. Da quando ti ho conosciuta, due mesi fa, non sono stato con nessun'altra. Da quando ho avuto la mia prima esperienza e ho perso la verginità, non ero mai stato due mesi senza fare sesso. Lo so che quel che dico suona strano, ma ti prego di credermi. Mi sei entrata dentro e non te ne sei più andata. Non voglio che tu te ne vada."

"Ma..."

"No, fammi finire." Mozart spostò una mano dalla vita di lei su per la schiena fino al collo. Quello sembrava il suo posto preferito, per afferrarla. "Voglio fare sesso con te, più di quanto abbia mai desiderato altro in vita mia. Ma, non questo fine settimana. Io domenica devo partire. Devo tornare al lavoro. Voglio dimostrare a te, e a me stesso, che sono un uomo diverso. Che mi hai trasformato in una persona diversa. Voglio stare con te per la persona che sei, non usarti per uno sfogo sessuale. Non fraintendermi, voglio anche quello, ma voglio conoscerti meglio."

Mozart portò la testa di Summer più giù, vicino alla sua, sfruttando la presa dietro la sua nuca. Lei si avvinghiò al suo petto. "Ti voglio, Summer. Ti voglio tutta. Ti voglio nel mio letto. Ti voglio nella mia casa. Voglio che tu conosca i miei amici finché non diventeranno anche amici tuoi. Voglio che ogni mattina ci svegliamo litigandoci le coperte. Non mi importa cosa dovrò fare per arrivarci. Sono disposto a tutto. Se solo fossi convinto che tu accettassi, traslocherei le tue natiche a Riverton prima ancora che tu possa accorgertene. Ma credo di conoscerti abbastanza bene da sapere che non è quello che vuoi. Fare le cose in fretta è proprio ciò che non voglio, perché penseresti che sono qui solo per una sveltina e via. Però non sono disposto a lasciarti quassù, in un tugurio fatiscente che sembra una trappola per topi a rischio incendio, sapendo che tremi dal freddo e dalla fame ogni notte. Devi lasciare che ti aiuti. Per favore, santo cielo, lasciamelo fare, così almeno potrò dormire la notte sapendo che qui va tutto bene."

Summer si appiccicò al petto di Mozart. Staccando gli occhi dai suoi, appoggiò la fronte sul suo petto e fece un respiro profondo. Mozart non tolse la mano dal collo di lei, mentre con l'altra andava su e giù per la sua colonna vertebrale, con un movimento morbido.

"Grazie, Mozart," disse Summer, ripetendo il ringraziamento di poco prima. "Non ho alcun dubbio che tu sia popolare tra le donne. Non ho idea di cosa ti piaccia in me, perché sarei così diversa dalle altre." Quando lo sentì prender fiato, come per rispondere alla sua domanda implicita, alzò la testa e gli mise un dito sulle labbra per farlo tacere. "Mi fai un favore?" Mozart annuì subito e Summer proseguì. "Io ci voglio provare, comunque vada, ma se in qualunque momento trovassi qualcun'altra con cui ti vuoi divertire, per favore, lasciami libera. Non sopporterei di vederti cambiare idea senza dirmelo. Sono adulta e vaccinata. Tu dimmelo e io ti lascerò perdere."

"Non cambierò idea, ma se per qualche strano motivo non dovesse funzionare, te lo dirò." Si fissarono per un lungo momento. "Ma questa è una relazione esclusiva. Sarai mia per tutto il tempo, tesoro. E vale anche per te."

Summer non fece altro che annuire. Si sentiva come in un universo parallelo. Un universo in cui lei era una *femme fatale* e gli uomini si gettavano ai suoi piedi, pregandola di sceglierli. Era ridicolo: nessuno aveva mai dimostrato questa passione nei suoi confronti, finora. "Se sono tua, allora anche tu sei mio."

"Proprio così," rispose Mozart. "Ora, ringraziami per bene, donna." Mozart adorava il sorriso che si fece largo sul volto di Summer alle sue parole, avvicinò le labbra di lei alle sue, poi la divorò. La baciò come se non avesse mai baciato una donna prima di allora. In passato, per lui i baci erano stati qualcosa da sopportare per passare alla fase successiva, per arrivare al sodo. Ora, con Summer, i baci *erano* il sodo. La gustava, adorava sentire la lingua di lei che usciva per giocare con la sua. La mordicchiò, la leccò, infine prese il controllo del bacio. Un momento giocava, il momento dopo era forte e appassionato. Infine l'allontanò di poco. "Santo cielo, tesoro, ti mangerei viva. Sei davvero la mia anima gemella in tutti i sensi."

Sentì Summer sorridere e girò entrambi in modo da trovarsi sopra di lei. Vedere i capelli di lei sparsi sulle coperte in disordine eccitò Mozart ancor di più. Gli era venuto così duro che quasi gli faceva male. Non ricordava di essere mai stato così eccitato, e tutto con un solo bacio. Mozart sentì le mani di Summer scendere e andare a stringergli il sedere. Lui strinse i denti e l'avvertì: "Stai attenta, tesoro, che giochi col fuoco."

"Però non mi sono ancora scottata," ribatté lei, ammiccante.

Mozart mosse una mano per portarla sotto di lei, e si arrischiò a muoverla anche sotto le sue mutandine. Aveva la pelle così calda e liscia, era come passare il pollice sulla sua guancia. Mozart avrebbe voluto fare tanto altro, avrebbe voluto ficcare la mano più giù, tra le sue cosce, per scoprire davvero se lei era eccitata quanto lui, ma si trattenne... a malapena. "Dobbiamo uscire da questo letto altrimenti finirà che faccio qualcosa che ho giurato che non avrei fatto."

Summer si limitò a sorridergli. "Devo lavorare, Mozart," gli ricordò dolcemente.

Mozart non mostrò alcun broncio o alcun segno di delusione. "Lo so, tesoro. Ti aiuterò a ripulire le camere, poi possiamo tornare a giocare." Mozart la sentì bloccarsi sotto di lui, così alzò la testa di scatto e domandò: "Che c'è?"

"Mi aiuterai? Pensavo che magari volessi andare a fare... qualcosa. Una camminata, qualcosa, mentre lavoro."

Mozart scosse la testa. "No no. Sono venuto quassù per te. Ti tocca sopportarmi fino a domenica sera."

"Davvero?"

Non capendo perché fosse così sorpresa, Mozart riattaccò un po' brusco: "Sì, Summer. Ma è così difficile credere che voglio aiutarti a pulire le camere?"

"Per la verità, sì. Solo che... pensavo venissi quassù per fare... fare altro... e che fossi contento di vedermi, intanto che c'eri."

Mozart le strinse più forte il sedere, avvicinandolo ancor più alla sua erezione. "No, sono qui per te. Nessun altro motivo. Arriverà il giorno in cui non avrai più dubbi su quanto provo per te. Ti vedo e mi eccito. Ti annuso e mi eccito. Diamine, ti *penso* e mi eccito. No, sono qui per *te*, tesoro. E prima smettiamo di parlarne e alziamo il culo dal letto per pulire quelle stupide camere, prima potremo conoscerci meglio e prima ti potrò riportare qui a letto e non farti prender fiato finché non saremo entrambi così sfiancati da non ricordare nemmeno come ci chiamiamo."

Summer gli disse ridacchiando: "Ma che frase lunga

e pomposa, Mozart."

Mozart alzò gli occhi al cielo mormorando: "Ecco cosa mi merito per essermi fatto venire una cotta per una donna intelligente." Poi le disse a voce più alta, mentre lentamente faceva per alzarsi: "In piedi. Doccia. Abbiamo il tempo di fare una corsa per fare una modesta colazione in quel baretto piccolo e scalcinato che ho trovato, prima di cominciare a fare le pulizie."

Tirò Summer in piedi e la spinse giocosamente verso il bagno. "Andiamo. Ti aspetto fuori. Se rimango qui mentre sei nella doccia, tutta nuda, senz'altro finirò per non mantenere la mia promessa." Mozart baciò Summer con ancor più passione, poi si diresse verso la porta. Aprendola, si guardò indietro e disse: "Hai quindici minuti. Sarà meglio che ti sbrighi." Le fece l'occhiolino, prima di chiudersi pian piano la porta alle spalle.

Summer si lasciò cadere contro il muro. Non aveva idea di cosa vedesse Mozart in lei o del perché avesse deciso di volerla, ma sarebbe stata al gioco finché poteva. Sarebbe stata pazza a non farlo. Scuotendo la testa, si affrettò verso la sua valigia sul pavimento e tirò fuori un paio di jeans, un maglioncino a maniche lunghe e delle mutandine, poi tornò indietro per andare al bagno. Summer era certa che, se ci avesse impiegato più dei quindici minuti che Mozart aveva stabilito, lui sarebbe tornato in camera proprio come aveva detto avvertendola.

Sorrise. Tenerlo sulle spine sarebbe stato proprio divertente.

CAPITOLO NOVE

SUMMER APPOGGIÒ la schiena alla panca. Si era ingozzata con l'omelette migliore che avesse mai mangiato. Formaggio, pancetta, peperoni, fajita di pollo, pomodori e cipolle, salsiccia, il tutto in una salsa di formaggio fuso, panna acida e pomodoro. Mozart aveva ordinato il piatto speciale, cioè due uova, salsiccia, pancetta e una pila di tortilla.

"Penso di non riuscire a muovermi."

"Io mi possono muovere. Dobbiamo pulire le camere e poi andare a fare shopping."

"Fare shopping? Per cosa?"

Mozart guardò Summer, sapendo che quanto stava per dire l'avrebbe fatta arrabbiare, quindi rimase il più possibile sul vago. "Ti serve della roba."

Summer incrociò le braccia sul petto, non accettando una risposta così vaga. "Mi serve della roba? Che tipo di roba?"

"Dammi la mano." Mozart mise una mano sul tavolo con il palmo rivolte verso l'alto.

"Cosa?"

"Dammi la mano, tesoro."

Senza starci troppo a pensare, Summer alzò una mano dai fianchi e la protese sul tavolo verso quella di Mozart. Quando lui abbassava la voce così e le dava degli ordini, ogni volta lei provava qualcosa di primitivo.

Mozart le prese la mano stringendola e appoggiandoci sopra l'altra sua mano. Poi le si avvicinò mentre parlava. "Ti serve della roba. Un forno a microonde. Del cibo e una piastra di cottura. Poi un giubbotto caldo. Della roba... ti serve." Quando Summer cercò di ritirare la mano dalle sue, Mozart strinse la presa. "Lo so che non vorresti accettare. Lo so che ci stai male e ti imbarazza. Ma comunque non mi fermerò. Se devo proprio lasciarti quassù, devo essere sicuro che mangi. Che stai al caldo. Che stai bene."

"Mozart, mi hai garantito una camera dove alloggiare. Vedrai che starò bene."

"Avresti dovuto avere quella dannata camera fin dall'inizio. Non posso tornare a casa, non posso andare in missione sapendo che non mangi. Non riesco a credere che tu abbia vissuto in quella trappola di magazzino così tanto tempo."

Summer respirò profondamente. Mozart aveva ragione. Era imbarazzata, come aveva previsto lui. Provò ancora una volta. "Mozart, Henry ha assunto un nuovo operaio per rinforzare le strutture. Mi ha aiutata molto. Starò bene."

"Però non mi sembra che *lui* viva in un tugurio cadente senza elettricità e senza bagno. Dove vive questo operaio? Dove vive Henry?"

"Beh... non lo so."

Senza nemmeno lasciare a Summer il tempo di aggiungere altro, Mozart disse: "Esatto. Non vivono in quella topaia di merda. Mangiano tre volte al giorno. Indossano abiti caldi. Non come te."

Si fissarono negli occhi per un attimo interminabile.

"Non mi piace non potermi prendere le cose da sola." Disse infine Summer, sottovoce.

Mozart sospirò sollevato. "Santo cielo, pensi che non lo sappia, tesoro? Ti si legge in fronte 'donna indipendente'. Ma devi capire che lo faccio per te. Devo farlo. Non mi importerebbe se avessi i milioni in banca. Vorrei comunque darti tutto questo."

"Se avessi i milioni in banca, non ci saremmo mai incontrati."

Mozart si limitò ad alzare la mano di Summer portandosela alle labbra per baciarla sul dorso. Poi la voltò e morse la parte più carnosa del palmo. "Andiamo, tesoro, dobbiamo ancora pulire le camere."

————

"Sai che sei davvero bravo?" disse Summer a Mozart in

tutta onestà, mentre lavoravano nell'ultima camera, per quel giorno.

"Non vorrei fare lo sbruffone, ma non è poi così difficile, tesoro."

Summer rise. "Scusa, hai ragione."

"E poi sono single. Devo pulire il mio appartamento e alla marina mi hanno insegnato a rifarmi il letto con le coperte così tese che se ci lanci sopra una monetina, rimbalza sulla coperta."

Summer rise di nuovo. "Ovviamente è un'ottima qualità, nella vita." Sorrise a Mozart. Aveva reso divertente anche fare le pulizie nelle camere. Avevano parlato mentre pulivano, lei l'aveva conosciuto un po' meglio. Summer aveva scoperto anche il suo strano senso dell'umorismo. Mozart sapeva ridere di se stesso e farle notare il lato comico di situazioni che lei altrimenti non avrebbe notato. Le era proprio piaciuto passare del tempo con lui.

Summer si fermò e rimase immobile per un attimo a guardarlo. "Grazie, Mozart."

Mozart percepì il tono serio di Summer e si voltò verso di lei. "Per cosa?"

"Per avermi aiutata, oggi. Per non aver fatto storie per pulire i bagni, o per rifare i letti o tirare l'aspirapolvere. Per tutto. Solo... grazie."

Mozart lasciò cadere sul carrello il mazzetto di asciugamani sporchi che stava portando e prese tra le mani la testa di Summer, poi appoggiò la fronte alla sua. "Non c'è di che."

Si fissarono per un po' negli occhi, finché Summer non si tirò indietro, girandosi da un'altra parte, perché si sentiva strana.

"Guardami, tesoro," le ordinò Mozart.

Summer rialzò immediatamente lo sguardo verso di lui, senza mettere minimamente in discussione il motivo per cui doveva fare subito ciò che le veniva chiesto.

"Non sentirti mai in imbarazzo per avermi detto ciò che ti passa per la testa. Se sei arrabbiata, dimmelo. Se sei felice, voglio saperlo. Se sei in imbarazzo, stanca, affamata, triste... voglio saperlo. Capito?"

Senza mai interrompere il contatto visivo, Summer semplicemente annuì.

"Va bene, allora. Finiamo di pulire questo buco e prendiamoci qualcosa da mangiare, poi andiamo in negozio. Oggi sono dell'umore giusto per viziarti un po'."

"Va bene."

Finirono di pulire in resto della camera in pochissimo tempo e andarono a rimettere il carrello nel retro dell'ufficio e i prodotti per le pulizie nel magazzino.

"Andiamo, tesoro, muoviamoci. Dobbiamo andare a comprare un po' di robacce."

"Spero saprai che non ti lascerò esagerare."

"Sì, sì, va bene, andiamo."

————

Summer sedeva sul bordo del letto e si guardava intorno

disorientata. Mozart aveva esagerato. Qualunque cosa lei avesse detto non aveva fatto alcuna differenza. Non aveva fatto altro che ignorare le sue proteste e comprare tutto ciò che voleva. Ora c'era un piccolo microonde di fianco al televisore. Un frigorifero di medie dimensioni era già collegato e in funzione, contro il muro, pieno zeppo di cose da mangiare. Mozart aveva comprato così tanto cibo, che la camera ne era piena in qualunque angolo. Nel frigorifero c'erano così tante vivande da sfamarla per almeno due settimane.

Summer aveva capito che Mozart era di umore strano, quando facevano la spesa, quindi non aveva protestato più di tanto per quanto lui gettava nel carrello, ci aveva provato solo la prima volta. Lui si era voltato verso di lei per dirle bruscamente: "Lascia che faccia, tesoro. Ne ho proprio *bisogno*." Così lei aveva lasciato che Mozart facesse tutto ciò che si sentiva di fare.

L'aveva mandata nel reparto abbigliamento e le aveva ordinato di trovare delle maglie a maniche lunghe e dei pantaloni, una giacca e anche dell'intimo della sua taglia. Mozart aveva perfino minacciato che, se lei non fosse tornata con abbastanza vestiti, a suo giudizio, allora sarebbe andato *lui* a comprare altri vestiti per lei. Summer lo aveva preso in parola ed era tornata con quelli che pensava essere perfino troppi vestiti. Mozart si era limitato a sospirare e lasciar perdere dicendo: "Per ora basterà."

Ora erano tornati in camera e Summer si sentiva

strana. Non era abituata che qualcuno facesse acquisti per lei, cioè che qualcuno le comprasse qualcosa perché lei non se lo poteva permettere. Quella sensazione non le piaceva. Mozart si sedette vicino a lei, sul bordo del letto; lei lo vide fissare il cibo che avevano comprato.

"Non so se sarà abbastanza," disse lui un po' cupo.

"Ma stai scherzando?"

"No," disse Mozart con voce atona, voltandosi verso di lei. "Lunedì partiamo in missione. Non ho idea di quanto starò via e non so quando riuscirò a tornare quassù. So che non hai un'auto e non puoi andare in negozio a prenderti qualcosa, se ti finisce."

Summer mise una mano su una gamba di Mozart, per poi tirarla indietro quando lui sobbalzò. Prima che lei potesse dire o fare alcunché, lui le prese la mano e la rimise sulla gamba. Poi Mozart inclinò la testa invitandola a dire quello che ovviamente voleva dire.

"Non lo dico per farti sentire in colpa, o per farti arrabbiare, nulla del genere, intesi?" Quando Mozart annuì, Summer proseguì. "Mozart, negli ultimi mesi sono andata avanti mangiando una volta al giorno. Quando Henry apre l'ufficio, io vado a mangiare uno yogurt e un panino. Di solito riesco a mettermi via un altro panino e un frutto per dopo. A volte un ospite lascia qualcosa in camera e se vedo che posso, lo prendo per mangiarlo io. Fidati, tutti questi viveri..." Fece un gesto per indicare tutto intorno. "...mi dureranno un sacco di tempo."

Summer vide che Mozart stringeva il pugno sinistro

e aveva la mandibola serrata. Non voleva che lui si torturasse così, quindi portò la mano che non aveva appoggiata alla sua gamba verso il suo viso e lo fece girare verso di sé. Sussurrando, Summer disse: "Sto bene, Mozart. Non hai idea di quanto significhi per me ciò che hai fatto negli ultimi due giorni. Se andava bene prima, adesso va *più* che bene."

Mozart respirò profondamente e voltò il viso per baciare il palmo della mano di Summer. "Non dovrai mai più mangiare gli avanzi abbandonati da qualcun altro. Solo al pensiero..." Per un attimo fremette e chiuse gli occhi.

Summer riuscì a capire quando lui aveva ripreso il controllo. Aprì gli occhi e le disse: "Tornerò quassù appena posso, tesoro."

"Lo so."

"So che non hai un cellulare, ma voglio lasciarti il mio numero, così mi puoi chiamare ogni volta che vuoi. Io ti chiamerò qui, al motel, per farti sapere quando tornerò, ma nel frattempo, mentre sono all'estero, se ti lascio il numero di un mio amico, puoi chiamarlo se ti serve qualcosa... e intendo davvero qualunque cosa?"

Summer rimase in silenzio a guardare Mozart.

"Merda. Lo chiamerai, vero? Lo sapevo che avresti rotto le scatole." Mozart sorrise mentre lo diceva, così Summer non si sentì offesa. "Almeno puoi prendere il numero così mi metto il cuore in pace? Starei molto meglio se tu l'avessi."

"Di chi è il numero?"

"Si chiama Tex, è un mio amico che vive in Virginia. Era anche lui un SEAL, ma ha dovuto smettere per motivi di salute, perché gli hanno amputato mezza gamba. Però è un genio al computer, gli affiderei a occhi chiusi la mia vita... o la tua."

"Lasciami il suo numero, Mozart. Non dico che lo chiamerò per una scheggia di legno in un dito, ma se succede qualcosa di grave lo chiamerò." Vedendo il sollievo negli occhi di Mozart, Summer seppe di aver detto la cosa giusta, anche se si era sentita a disagio nel farlo.

Mozart si alzò e tese la mano a Summer. "Andiamo, tesoro. Buttiamoci a letto, ci sarà un bel film da vedere, o qualcosa in televisione."

Summer prese la mano di Mozart, che la guidò a letto. Lui non scostò le coperte, ma l'aiutò a salire sul letto e si sistemò dietro di lei. Poi puntò il telecomando verso la TV e cominciò a scorrere tra i vari canali, finché non trovò *True Lies*.

"Mi è sempre piaciuto molto questo film. Ti va bene?"

"Sì, Jamie Lee Curtis mena davvero forte."

Mozart rise e appoggiò la schiena ai cuscini, per poi far accomodare Summer al suo fianco. Lei si accoccolò vicino a lui e mise la testa contro il suo petto. Mozart respirò profondamente, inalando il suo profumo.

"Che buon profumo." Non sarebbe riuscito a trattenere quelle parole nemmeno fosse stata questione di vita o di morte.

"Ma è solo lo shampoo."

"No, non è solo lo shampoo, è anche l'arancia che hai mangiato stasera per fare uno spuntino, quando siamo tornati in camera. Con un pizzico di sale che traspira dalla tua pelle, sei *tu*, tesoro."

Summer si dimenò un po' a disagio. Nessuno le aveva mai parlato come faceva Mozart. "Sei matto."

"Accetto il complimento, Summer. Basta un grazie."

"Grazie."

Mozart le sorrise e se la tirò ancor più vicina. "Ora buona. Guarda il film."

Summer cercò di lasciarsi andare e immergersi nella visione del film, ma non poteva. La sua mente saltava di palo in frasca e non riusciva a fermarla. Infine girò la testa in alto per fare a Mozart una domanda, scoprendo che lui la stava fissando, invece di guardare la TV.

"Parti per una missione, lunedì?"

"Già."

"Mi puoi dire qualcosa?" Summer non credeva che fosse possibile, ma lo chiese comunque.

"No." Dopo un paio di minuti di silenzio, Mozart le disse rammaricato: "Tesoro, è il mio lavoro."

Summer annuì subito e cercò di rassicurarlo. "Oh, lo so, Mozart. Non so molto... cioè, non so nulla dell'esercito, ma ne so abbastanza per capire che quel che fai è tenuto in segreto e che non ne puoi parlare. Solo che... starò in pensiero per te." Si affrettò a proseguire: "Lo so che è stupido. In realtà non ti conosco nemmeno, ma non mi piace il pensiero che vai all'estero, in qualche paese straniero a fare qualcosa di pericoloso, senza sapere nulla di dove sei, di cosa fai, o di quando tornerai."

Mozart sospirò e si voltò verso Summer. Poi si abbassò sul letto finché lei non era completamente sdraiata sul fianco e lui sopra di lei. "Non mi piace tenerti dei segreti, ma devi sapere che non potrò mai dirtelo. Questo è l'aspetto più difficile di stare con un SEAL. Vorrei aver avuto il tempo di presentarti ad Ice, Alabama e Fiona. Sono le donne dei miei commilitoni. Loro hanno imparato a sopportare le nostre missioni trovandosi insieme e aiutandosi e sostenendosi a vicenda. Dovresti sapere anche che i miei compagni e io sappiamo il fatto nostro. Sì, quel che facciamo è pericoloso e c'è sempre il rischio di farsi del male..." Mozart si passò un dito sulla guancia con le cicatrici, poi proseguì: "ma devi avere fiducia in noi. Siamo addestrati molto bene. Siamo bravi, tesoro. Il fatto che Wolf, Abe e Cookie sappiano di avere una donna a casa che li aspetta li rende ancor più determinati a tornare tutti a casa." Smise di parlare e fissò gli occhi sulla donna meravigliosa che era lì, sotto di lui.

"Capisco, Mozart. So che sei bravo. So che sei un professionista. Ma mi preoccupo comunque." Summer concluse con voce insicura e sottile. "Non so nemmeno perché tu sia qua, davvero. Cioè, non mi conosci..."

"Vieni qui, tesoro, ascoltami." Mozart appoggiò il fianco sul letto e la tirò più vicina. Erano sul letto, faccia a faccia, senza toccarsi, ma abbastanza vicini da sentire il fiato l'uno dell'altra mentre respiravano.

"Hai ragione, è vero che non abbiamo passato tanto tempo insieme. Se uno dei miei amici si trovasse in questa stessa situazione, probabilmente io lo avvertirei di andarci piano. Gli direi che è impossibile provare dei sentimenti dopo essersi frequentati per due giorni a malapena. Ma io mi conosco. Io *ti* capisco. Sei intelligente. Sei compassionevole. Sei tosta. Sei altruista. Lavori sodo. Sei timida. Sei appassionata. Sei bella. Sei tutto ciò che ho sempre sognato in una donna. Se pensi che me ne vada via da te, sei fuori di melone. Non ti sto chiedendo di sposarmi. Non sto dicendo che staremo sempre insieme, per tutta la vita. Quello che *sto* dicendo è che voglio vedere dove ci porta la nostra storia. Voglio conoscerti meglio. Voglio proteggerti. Voglio assaggiarti con tutto me stesso. Quasi mi viene l'acquolina in bocca. Quindi, sì, capisco quello che dici quando esprimi le tue preoccupazioni, anch'io mi preoccupo. Mi preoccupo per te, quassù con quel cretino di Henry. Mi preoccupo che mangi abbastanza. Mi preoccupo che non ti venga freddo. Mi preoccupo che lavori troppo. Mi preoccupo che non hai alcun mezzo di trasporto. So che non ci conosciamo da tanto tempo, ma comunque mi preoccupo. Quindi se da un lato non mi piace che ti preoccupi per me, dall'altro mi fa piacere."

"Mozart..." Summer non riuscì a dire altro. Avrebbe tanto desiderato registrare quello che lui diceva, per poterselo riascoltare più e più volte.

"Hai degli altri pensieri sul fatto che non ci cono-sciamo o sul perché sono qua?"

Summer non poté far altro che scuotere la testa.

Mozart sorrise. "Allora possiamo finire di guardare Arnold che mena i cattivoni?"

"Sì, certo che possiamo."

"Che rottura." Mozart si abbassò verso Summer e la baciò. Non la toccò con altre parti del corpo, solo con le labbra.

Dopo quel bacio lungo e intenso, che lasciò entrambi senza fiato, Mozart si sistemò di nuovo contro la testiera del letto e strinse Summer tra le braccia. Guardarono il film finché anche i titoli di coda non terminarono sullo schermo.

Mozart baciò Summer sulla testa e disse: "Pronta per andare a dormire?"

"Già," mormorò lei assonnata.

"Allora su, tesoro. Vai a fare le tue cose." Mozart aiutò Summer ad alzarsi e la sospinse verso il bagno. "Mi preparo e poi ci diamo il cambio."

Summer annuì e si trascinò in bagno. Quando ebbe finito di lavarsi i denti, lavarsi la faccia e di fare i suoi bisogni, Mozart si era cambiato, indossando una maglietta e un paio di boxer neri. Lei deglutì a fatica. "Tocca a te."

Mozart le si avvicinò e si abbassò per baciarla con grande passione prima di oltrepassarla. "Dentifricio alla menta. Sognavo anche di assaporarlo sulle tue labbra," e sparì nel bagno.

Summer si affrettò a indossare il nuovo pigiama che lui le aveva comprato. Non era il tipo da camicia da notte, aveva scelto un completo di pantaloncini e magliettina. Era un completo comodo, rosa con fiorellini bianchi. Non pensava che la scoprisse troppo, ma con Mozart tutto era così intimo.

Era ancora in piedi di fianco al letto, quando lui uscì dal bagno. Mozart si fermò, solo per fissarla.

Non sopportando oltre il silenzio e lo sguardo strano che lui aveva sul volto, Summer gli chiese: "Cosa?"

"Entra nel letto, tesoro. Subito."

Confusa, sentendosi vulnerabile, Summer si precipitò nel letto e andò sotto le coperte. Guardò Mozart che girava intorno al letto per raggiungere il lato in cui si era messa lei, per poi dirle: "Scostati, questo è il mio lato."

Se n'era dimenticata. Si era accoccolata nel lato del letto più vicino alla porta senza pensarci. Summer si scostò e guardò Mozart abbassarsi e spegnere la luce vicina al letto. La camera piombò nell'oscurità. Lei sentì Mozart accomodarsi sul materasso. Summer attese, ma lui non si girò verso di lei. Sembrava coricato e irrigidito, come una tavola di legno.

"Mozart?"

"No." Mozart la interruppe.

Summer era così confusa. Non aveva la minima idea di cosa fosse successo dal momento in cui l'aveva baciata commentando sul sapore del dentifricio al momento in cui era uscito dal bagno. Si girò dandogli la schiena e cercò di trattenere le lacrime.

Dopo un momento, Summer sentì Mozart che finalmente si muoveva. Si girò verso di lei e si appoggiò alla sua schiena. Un braccio sotto al collo, l'altro appoggiato al fianco di lei, con l'avambraccio piegato sullo sterno. Lei si sentiva protetta e sicura, tra le sue braccia. Era così confusa.

"Non piangere, tesoro. Cazzo, mi dispiace. Sei così bella. Vederti là, in piedi, in quel pigiamino così carino, quasi mi ha fatto perdere il controllo. Ho dovuto raccogliere tutte le mie forze per farti entrare nel letto da sola. Ancora adesso vorrei solo farti girare e tuffarmi così tanto dentro di te da non farti mai dimenticare la sensazione del mio corpo. Ma ho promesso. Santo cielo, è troppo presto, tesoro, non dubitare mai nemmeno per un secondo che io voglia stare qui, con te. Avevo solo bisogno di un momento per riprendere il controllo."

Summer poteva sentire Mozart eccitato, appoggiato a lei. Non aveva dubbi, ma l'aveva ferita. "Non farlo più," disse tirando su col naso una volta, ma con forza. "Pensavo avessi cambiato idea. Non posso resistere a questi alti e bassi emotivi. Ho bisogno di sapere che sei una persona coerente. Se sei arrabbiato, dimmelo. Se sei stressato, dimmelo. Se perdi il controllo, dimmelo. So che, per il tuo lavoro, probabilmente avrai dei momenti in cui devi affrontare situazioni pesanti. Ti darò tutto lo spazio che ti serve, ma se non me lo dici penserò che si tratti di me." Poi si strinse quanto poté nel suo abbraccio. Era più facile parlargli, perché non lo stava guardando in faccia. "Sono una donna. Noi tendiamo a pensare che si tratti *sempre* di noi."

"Lo farò. Scusami."

Eccolo lì. L'aveva detto chiaro e tondo. Non aveva cercato scuse, non aveva tentato di sminuire quanto lei aveva detto. Lei sospirò e si lasciò avvolgere dalle sue braccia.

"Grazie."

"Dormi, tesoro. Domani torneremo al ristorantino per fare un'altra colazione esagerata, poi andremo a vedere il panorama e faremo un po' i turisti in città. Puliremo quelle maledette camere e poi usciremo a cena. Dopo mangiato me ne dovrò andare, ma voglio passare fino all'ultimo momento con te, prima di partire."

"Anch'io lo voglio."

"Dormi."

"Sono felice che sei qua, Mozart."

"Anch'io. Non vorrei essere in altro posto. Vorrei solo essere arrivato prima."

"No. Adesso sei qui."

"Sì, adesso sono qui. Ora... dormi, donna."

Summer ridacchiò. Aveva tante pretese, ma lei l'amava. Però non riuscì a resistere dal cercare l'ultima parola. "Dormirei se qualcuno non continuasse a parlarmi."

Mozart grugnì. "Non costringermi a mettermi in ginocchio, tesoro."

"Non lo faresti!"

"Scommetti?"

Summer ridacchiò di nuovo e si mosse tra le braccia di Mozart fino a girarsi per guardarlo in faccia. Poteva sentire la sua erezione che le premeva contro. Si appoggiò di peso e nascose la testa nel suo collo.

Sussurrando, gli disse: "Proverò tutto ciò che vuoi, Mozart."

"Santo cielo, donna. Mi stai davvero mettendo in difficoltà. Ora stai buona. Abbi pietà del tuo SEAL. Cerca... di... dormire."

Summer si addormentò sentendosi sicura e al caldo, era solo la seconda volta in tanti mesi, la prima volta era stata la notte precedente. Non sapeva che Mozart sarebbe rimasto sveglio per ore a guardarla dormire e a pensare alla fortuna che aveva avuto, tornando su in montagna per lei.

CAPITOLO DIECI

Dopo un'altra colazione molto abbondante, fecero rientro al motel per pulire le camere. Summer era meravigliata nel vedere quanto era rapido il lavoro, quando lo facevano in due. Mozart aveva ragione, non era un lavoro difficile, ma era così noioso. Non tutti gli ospiti erano dei disordinati, ma ce n'erano abbastanza da rendere il lavoro irritante, a volte anche disgustoso.

Mozart rendeva quel lavoro, se non divertente, almeno sopportabile. Lui si era incaricato di rifare i letti e di pulire i bagni, mentre lei doveva occuparsi delle lenzuola, delle pulizie e dell'aspirapolvere. La prima volta che lei si era piegata su un letto per recuperare le lenzuola, Mozart aveva fatto uno strano rumore con la gola, sembrava quasi un ringhio, poi l'aveva fatta tirar su.

. . .

"Ci penso io. Sarebbe impossibile guardarti mentre ti pieghi su un letto dopo l'altro e resistere alla tentazione di spingerti sul letto, tesoro."

Al solo pensiero del modo in cui lui aveva pronunciato quelle parole con voce roca e profonda, Summer si sentiva la pelle d'oca su tutto il corpo.

Gli aveva sorriso e aveva accettato.

Ora avevano finito le pulizie ed erano seduti su una panchina con vista lago. Faceva fresco, Mozart aveva un braccio intorno alle spalle di Summer. La zona era tranquilla. L'inverno non era la stagione più affollata, al lago. La gente preferiva andare in montagna per sciare.

"A cosa stai pensando?" chiese Summer, rompendo quel silenzio così tranquillo.

"Sto pensando che, se non mi fossi deciso a tirar fuori la testa da sotto terra e a venir quassù da te, avresti praticamente dormito all'aperto tutto l'inverno."

Summer si girò e baciò Mozart sulla mandibola, poi appoggiò la testa alla sua spalla, voltandosi verso il suo collo. "Se la situazione fosse peggiorata, avrei detto qualcosa."

"Davvero?"

Summer si sedette meglio, sospirando. "Sì, Mozart. Sarà anche un brutto periodo, per me, ma non sono un'idiota totale. Henry sarà anche un meschino, ma perfino lui non mi avrebbe lasciata dormire in quel buco se ci fosse stato mezzo metro di neve tutto intorno. E poi, Joseph stava lavorando per trasformarlo più in una camera per gli ospiti, che in un magazzino."

"Joseph? E chi cavolo è?"

"Il nuovo operaio, te ne avevo parlato."

Mozart sbuffò. "Non riesco a credere che qualcun altro sapesse che stavi in quella topaia senza dire nulla."

Tra loro si creò un lungo silenzio. Mozart finalmente lo interruppe.

"Vorrei che Ice o una delle altre di chiamasse mentre siamo via. Ti andrebbe di parlare con loro?"

"Perché?"

"Te ne ho parlato ieri di sfuggita. Si sostengono a vicenda quando siamo via. Vorrei che anche tu avessi il loro sostegno."

"Ma non mi conoscono, Mozart. Non è che avranno voglia di parlare con me di quelle cose."

"Invece sì."

Summer scosse la testa. Non era così ingenua. "Va bene, tutto quello che vuoi, Mozart."

Mozart si voltò sulla panchina e mise la mani sulle spalle di Summer. Con i pollici le massaggiava le clavicole. Sapeva che lei non poteva sentirlo sotto i vestiti e la giacca, ma quel movimento lo rilassava. Diamine, ogni volta che la toccava, si rilassava. "L'esperienza mi dice che quando una donna dice 'tutto quello' di solito vuol dire 'tutto tranne'. Cosa c'è che non va, tesoro?"

Summer sospirò, evitando lo sguardo di Mozart. Fissò lo sguardo all'orizzonte, dietro di lui, verso il sentiero che costeggiava il lago. "Non funzionerà, Mozart. Non puoi andare dai tuoi amici e dalle tue amiche a dirgli che hai conosciuto una donna e che a loro farà piacere chiamarmi, fare amicizia, parlare delle loro emozioni o delle loro preoccupazioni per i loro uomini. Non funziona così. Diamine, ci sono state persone nella mia vita, persone che conoscevo da *anni* e che non si sono curate di chiamarmi per sapere come stavo, dopo il divorzio e dopo aver perso il posto. Sarai anche un gran dongiovanni, ma le donne non le conosci proprio."

"Guardami."

Summer sospirò di nuovo e guardò Mozart negli occhi. Poté vedere quanto era preoccupato e frustrato. Aveva le sopracciglia corrucciate e la fronte era piena di rughe di espressione. Perfino la cicatrice sul volto sembrava più rossa del normale.

"Desidero che tu le conosca. Voglio che loro ti conoscano. Non voglio che tu stia quassù da sola. Ogni parte di me si ribella solo all'idea."

"Sono stata da sola per tanto tempo. Non è affatto una situazione che non abbia già superato in passato."

"Ma adesso non sei più da sola. Ci sono io."

Gli occhi di Summer si riempirono di lacrime e lei si morse le labbra.

Mozart le tirò il labbro fuori dai denti e le si avvicinò. "Lascia che provi, per favore? Se una di loro ti chiama, le parlerai? Proverai a fare amicizia con loro?"

"Ma certo che lo farò. Mi manca avere qualcuno con cui parlare, ma non voglio che torni a casa e che li tormenti per farmi telefonare. Se è vero che sei stato un farfallone come mi hai detto, se sei stato con così tante donne facendoti una reputazione, loro penseranno che io sono solo un'altra delle tante donne nel tuo lungo elenco di conquiste."

"No, non lo penseranno."

"Invece *sì*, Mozart. Capperi, ne abbiamo già parlato. Io sono una donna. So come vanno queste cose. Tu andrai laggiù e dirai "ehi, ho conosciuto una donna a Big Bear, mentre siamo via potreste chiamarla e includere anche lei nella vostra cricchetta di amicizie?' e loro accetteranno, perché a loro piaci e sei loro amico, ma alla resa dei conti, io sono un'estranea. Per loro, sono solo un'altra donna che hai trovato."

"Ti sbagli."

Tirandosi indietro, Summer si alzò e si allontanò di un paio di passi dalla panchina e da Mozart, si rivolse al lago con le braccia sullo stomaco. "Merda, Mozart, non mi sbaglio."

Summer sentì le braccia di lui che l'abbracciavano da dietro all'altezza del petto.

Mozart appoggiò la testa sulla spalla di Summer e la strinse forte. Avvicinò le labbra al suo orecchio e parlò con voce bassa e franca.

"Non ho mai chiesto ad Ice o alle altre di parlare con nessuna delle donne che 'ho trovato'. Quelle donne sparivano dalla mia vita nel momento stesso in cui uscivo dal loro letto. Non ho mai visto una sola di loro per più di una volta. So che è difficile per te capirlo, ma Ice è proprio come te. Si è convinta e intestardita. Era presente quando quegli stronzi mi hanno tagliato la faccia. Lei mi *conosce*. Non andrò da lei a dirle che ho incontrato una donna. Andrò a dirle che ho incontrato la *mia* donna. Appena avrò finito di pronunciare queste parole, mi darà la caccia per avere il tuo numero di telefono. Fidati, tesoro. Non ti lascerò quassù da sola. Se ti dico che chiamerà, è perché chiamerà."

Summer si sentì presa e fatta voltare, affondò il viso nel petto di Mozart. Sentì un braccio di lui girare intorno al suo corpo e appoggiarsi tra le scapole. Mozart portò l'altra mano dietro la sua nuca per avvicinarla. Lei si strinse la giacca con le mani, che erano incuneate tra i loro corpi.

"Ne ho bisogno, tesoro. Devo sapere che le mie amiche ci saranno, per te. Te lo prometto, basterà che parli loro una volta e saranno subito tue amiche. Non ti lasceranno qua da sola. Vedrai che rimarranno in contatto. Te lo prometto."

"Va bene, Mozart. Ti credo. Parlerò con lei, se chiama."

"*Quando* chiama."

Summer sorrise, nonostante il suo stato emotivo. "Quando chiama."

"Santo cielo, che rompiscatole che sei." Mozart si allontanò e guardò Summer. Aveva il naso e la punta delle orecchie di colore rosso dal freddo, non aveva alcun *make up*, ma era la donna più bella che avesse mai visto. Non aveva paura di discutere con lui. Non aveva paura di dirgli esattamente ciò che pensava, e voleva che lui le dicesse ciò che aveva in mente. Era perfetta. "Sei mia, tesoro. Tornerò quassù il prima possibile. Solo ricordati, per favore, che le mie amiche adesso sono anche tue amiche. Va bene?"

"Va bene."

"Andiamo a ripararci dal freddo e a prenderci qualcosa da mangiare."

Summer lasciò che Mozart la guidasse al suo furgoncino. La giornata stava scorrendo troppo alla svelta. Presto se ne sarebbe andato. Troppo presto.

————

La cena trascorse velocemente. Per quanto Summer cercasse di ignorare il gran peso che incombeva, non ci riuscì. Mozart stava partendo. Aveva fatto così tanto per lei, nel breve periodo in cui era tornato, sembrava quasi che fosse tutto successo a qualcun'altra. Summer non era un'ingenua. Sapeva che Mozart amava il controllo e che lei era in una situazione del tutto fuori controllo. Sperava avrebbe anche lui provato le stesse sensazioni per lei, una volta tornato dal posto in cui stava per andare, ovunque fosse, ma non poteva esserne certa. Avrebbe dovuto vivere giorno per giorno.

Lasciarono il ristorante e ritornarono al motel. Mozart le prese una mano e l'accompagnò nella stanza sette senza proferire parola. Quando furono rientrati, finalmente lasciò andare la sua mano e si incamminò verso la piccola scrivania. Strappò un foglietto dal blocchetto degli appunti e annotò qualcosa. Poi andò al telefono vicino al letto e copiò su un altro bigliettino il numero di telefono che vi era scritto, per poi ficcarsi l'appunto in tasca.

Poi Mozart si avvicinò a Summer, ancora in piedi, e le prese di nuovo la mano. L'accompagnò ai piedi del letto e si sedettero. Lui era girato di fianco, come era stato solo due sere prima, teneva le mani di lei tra le sue.

"Allora, tesoro. Ecco i numeri di cui ti parlavo. Tex è il mio amico in Virginia. Ho scritto anche il mio cellulare, il numero di casa e del lavoro. Qui c'è anche il numero di Ice. Ti avrei scritto anche i numeri di Fiona e Alabama, ma so bene che per te è già uno sforzo chiamare qualcuno dei numeri che ti ho scritto. Però, per favore, promettimi che chiamerai me, Tex o Ice se ti serve qualcosa."

"Non mi servirà nulla, Mozart."

"Non puoi saperlo. Non si sa mai cosa può succedere."

"Non succederà."

"Davvero, ascoltami. Ti dirò qualcosa che solo i miei compagni SEAL sanno. Non so nemmeno con certezza se l'hanno mai detto alle loro donne."

Summer annuì soltanto. Lui era assolutamente serio. Non aveva mai visto Mozart così ansioso e preoccupato.

"Anch'io la pensavo così, un tempo. Ero un ragazzino, mi godevo la vita. Eravamo felici, andava tutto normalmente. Poi la mia sorellina è stata rapita. Scomparsa per due settimane. Non avevamo idea di dove fosse. Una coppia la ritrovò nel bosco, picchiata a sangue. Era stata violentata e strangolata. Non se lo meritava. Nemmeno noi pensavamo potesse succedere qualcosa di brutto. Io *so* che può sempre succedere di tutto, Summer. Ci sono passato. Per favore... fallo per me. Promettimi che se succede qualcosa chiamerai. Se non posso esserci io ad aiutarti, devo sapere che ti farai sentire. Tex può aiutarti."

"Te lo prometto." Summer non esitò un solo istante. Era ovvio che Mozart ne aveva proprio bisogno. Non poteva nemmeno immaginare come lui e la sua famiglia avessero potuto superare una tragedia come quella, ma almeno così si spiegava molto su di lui.

Mozart tornò a respirare dopo aver trattenuto il fiato senza nemmeno accorgersene.

"Te lo prometto, Mozart," ripeté Summer, portando la mano sulla sua guancia ferita.

"Grazie." Mozart tirò Summer tra le braccia, rimasero così, sul letto, abbracciati per un momento interminabile.

"Che sfiga."

Summer non riuscì a trattenere una risata. Era davvero una situazione sfortunata, ma Mozart l'aveva detto con un tono da ragazzino petulante. Si tirò indietro. "Non fare il bambino. Tornerai prima di quanto credi. Io sarò sempre qui, a ripetere ogni giorno le stesse cose. Ho con me la miriade di numeri di telefono che mi hai scritto. Tantissime persone hanno relazioni a distanza."

"Io no."

"Beh, non so se rientri nel conto. Hai mai avuto una relazione, prima?"

"Beh, no. Ma è una sfiga in ogni caso."

Summer sorrise. "Non so come sia potuto succedere così alla svelta. Che pazzia. Ma mi mancherai."

"Ci conto."

Si sorrisero vicendevolmente.

"Ora devo proprio andare. Dobbiamo incontrarci alla base domattina presto." Mozart lo disse, ma non si mosse.

"Mi dai un bacio prima di partire?"

"Come se dovessi chiedere. Vieni qui." Mozart tirò di nuovo Summer tra le braccia e si lasciò cadere di fianco sul letto tenendosela stretta. Poi mise una mano dietro la testa di lei e se la avvicinò. Fu un bacio privo di tenerezza. La controllava, la respirava, quasi divorandola.

L'altra mano di Mozart le carezzava la schiena, poi il fianco, poi scese fino all'orlo della sua maglietta. Mentre la baciava, Mozart le alzò la maglietta fino a toccarle la pelle calda, e lentamente fece risalire la mano sul suo fianco, fino a raggiungerle i seni.

Inclinò la testa e rotolò fino a trovarsi sopra Summer. Mise una gamba tra quelle di lei quasi per tenerla al suo posto. Sentì che lei alzava l'altra gamba fino ad appoggiare il piede sul letto, per poi spingere col ginocchio sul suo fianco. Mozart sentì che la situazione stava sfuggendo di mano molto rapidamente, ma non riusciva a trattenersi. Doveva sentirla almeno una volta prima di partire.

Portò una mano sul petto di Summer sotto la maglietta e con la mano coprì il suo seno protetto dal reggiseno. Mozart la sentì inspirare e nel contempo sentì il suo capezzolo irrigidirsi sotto il palmo della sua mano. Volendo guardarla negli occhi mentre la stava toccando per la prima volta, si allontanò. Summer aveva gli occhi chiusi e la schiena inarcata al suo tocco.

"Apri gli occhi, tesoro," ordinò Mozart ruvidamente.

Gli occhi di Summer si aprirono di scatto, aveva le pupille dilatate e respirava affannata su di lui.

"Toccami," lo pregò sottovoce, senza mai interrompere il contatto visivo.

Mozart si spostò per avvicinarsi di più. Poteva sentire il suo calore attraverso i vestiti, contro il suo membro eretto. Senza mai distogliere lo sguardo, abbassò lentamente il bordo del suo reggiseno finché questo non fu del tutto scostato dal suo seno. Aveva una voglia matta di guardarla, ma così era perfino più erotico. Lei era ancora coperta dalla maglietta, ma lui sapeva che guardando giù avrebbe visto i suoi capezzoli puntare contro il tessuto.

Infine, appoggiò completamente la mano sul suo seno nudo. Inspirarono entrambi allo stesso tempo. Non soddisfatto, Mozart continuò ad esplorare. Passò la punta delle dita in cerchio intorno all'areola del seno di Summer, senza toccare direttamente il suo capezzolo indurito. Lo strinse, lo accarezzò, sempre guardandola direttamente negli occhi.

Dopo un momento, non riuscendo più a sopportare di non toccarla fino in fondo, le chiese: "Sei pronta, tesoro?"

"Oh santo cielo, sì. Per favore, toccami."

Senza farsi pregare, Mozart le prese il capezzolo tra il pollice e l'indice, stringendolo. Summer inarcò di nuovo la schiena mormorando, poi chiuse gli occhi per la prima volta, da quando lui aveva cominciato a toccarle la pelle nuda.

Mozart continuò a sfregarle il capezzolo con la punta delle dita. "Cavolo, sei magnifica. Sei perfetta. Non vedo l'ora di conoscere le tue bellezze. Sei così reattiva. Quando finalmente sarai nuda sotto di me, penso che non usciremo a prendere una boccata d'aria per giorni."

"Sì, santo cielo, *sì*."

Mozart si abbassò e prese in bocca il suo capezzolo da sopra la maglietta. Era già andato oltre quanto aveva pensato di fare, ma non riusciva a trattenersi. Summer era così sexy e così aperta. Succhiò più forte che poteva dal cotone della maglietta e fu ricompensato da un altro gemito fremente di lei. Mozart la poteva sentire che godeva sotto di lui.

Sapendo che ormai erano andati troppo oltre per fermarsi, Mozart prese il suo capezzolo tra i denti e lo morse con delicatezza. Infine, rialzò la testa per guardare in faccia Summer, vide che lei lo guardava.

"Sei eccitante da morire," gli disse di getto, parlandogli ancora una volta senza filtri.

"No, tu sei eccitante da morire," rispose lui, sempre girando le dita intorno al suo capezzolo.

Dopo un momento quasi interminabile, Mozart si fermò e le coprì il seno con la sua mano grande, addolorato. Appoggiò la fronte sulla spalla di lei. Sentì che lei alzava una mano e gliela appoggiava dietro la testa. Ebbe l'impressione che lei avesse affondato le unghie nella sua schiena, mentre lui le succhiava il capezzolo, ma non ne era certo.

"Il secondo stesso in cui atterriamo, vengo subito qui. Sono stufo di rinviare." Non era una domanda.

"Va bene."

Mozart alzò la testa e disse a Summer con voce seria. "Sei mia. Non mi è mai capitato in passato di arrivare quasi all'orgasmo solo succhiando le tette di una donna attraverso la maglietta. Non so cosa ci sia in te che mi fa quest'effetto, so solo che sei mia."

"Uh... non è la frase più romantica che abbia sentito in vita mia, ma..."

"Di solito non sono un tipo romantico, Summer, ma con te voglio esserlo. Posso sentire quanto sei eccitata anche attraverso i vestiti. Se pensi che passerò anche solo un'altra notte a dormire di fianco a te senza voler sentire il tuo calore sulla mia pelle, sei davvero matta. Porco cane, sei mia." Mozart avrebbe voluto con tutto se stesso ordinarle di tornare a Riverton con lui, ma sapeva di non poterlo fare.

"Nemmeno a me è capitato di avere un orgasmo... solo così ...prima d'ora."

Mozart reagì in ritardo. "Hai avuto..."

"Sì."

"Santo cielo. Che rompiscatole." Mozart sorrise mentre lo diceva, si sentiva al settimo cielo. "Se ti basta questo, quando torno ci divertiremo davvero da morire."

"Sei tu. Il tuo odore. Quei suoni che fai con la gola. Il modo in cui prendi l'iniziativa. La sensazione che mi danno le tue mani sulla pelle. Come mi guardi negli occhi. Sei proprio *tu*."

La mano di Mozart era ancora appoggiata alla sua pelle, Summer poté sentire che si stringeva reagendo alle sue parole. Il suo capezzolo si irrigidì ancora.

Con riluttanza, Mozart staccò la mano dal suo seno e rimise a posto il suo reggiseno. Mosse la mano con sensualità verso il suo stomaco e la portò sul suo fianco. "Sei troppo magra. La prossima volta che ti vedo voglio della carne sulle ossa."

"Va bene."

"E se finisci i viveri, chiama Tex, ci penserà lui."

"Va bene."

"E voglio che mi chiami ogni giorno mentre sono via. Lasciami un messaggio, così saprò che va tutto bene."

"Non ho i soldi per fare una chiamata internazionale." Summer gli parlò onestamente.

"Ti lascio una scheda per chiamare."

"Ma tanto non riceverai nemmeno i messaggi, se sei all'estero."

"Tesoro..."

"Va bene, d'accordo. Capo, obbedisco."

"E per favore, santo cielo, chiuditi a chiave e stai attenta."

"Va bene."

"Devo andare."

"Lo so."

"Tornerò."

"Certo."

"*Tornerò*."

"*Lo so*."

"Baciami ancora una volta, prima che vada."

———

"Wolf? Sono Mozart. Posso parlare con Ice?" Il secondo stesso in cui Mozart uscì dal parcheggio del *Big Bear Cabins* allontanandosi da Summer, prese il suo cellulare per chiamare Wolf. Ora doveva parlare con Ice.

"Va tutto bene?"

Mozart sapeva che Wolf avrebbe protetto Caroline da ogni pericolo, sia fisico che emotivo. Non lo infastidì. Mozart sapeva che Wolf stava solo cercando di proteggere la sua donna. Per la prima volta in vita sua, lo capiva. Provava lo stesso per Summer. Mozart non glielo fece pesare, si limitò a rispondere: "Sì, va tutto bene. Ho solo bisogno di un favore."

“Aspetta.”

Mozart attese con impazienza, martellando con le dita sul volante mentre scendeva dalle montagne. Non aveva previsto quanto sarebbe stato male, allontanandosi da Summer. Era tutto così in sospeso, odiava quella sensazione. Diamine, non avevano nemmeno fatto l'amore e non poteva nemmeno immaginare di non poterla vedere ogni giorno. Era proprio preso.

“Ehi, Sam, che c'è?”

Mozart credeva non si sarebbe mai abituato a sentirsi chiamare Sam, ma con Ice non si lamentava.

“Dovrei chiederti di allargare la tua cerchia, mentre siamo in missione.”

“La mia cerchia?”

“Sì, il tuo gruppo. Sai, voi ragazze vi trovate per sostenervi a vicenda mentre siamo via.”

“Non capisco.”

“Ho incontrato una persona. Vorrei che la chiamassi mentre siamo via. Per essere sicura che stia bene. Sai... includi anche lei. Sarà preoccupata come tutte voi, e vorrei che anche lei avesse un po' di supporto.”

“Hai incontrato una persona?”

“Già.”

“Ha *incontrato* una persona?”

“Sì, Ice. Ma che cavolo?”

“Aspetta.”

Mozart si staccò il telefono dall'orecchio e guardò confuso lo schermo per un attimo. Sapeva che era strano, ma Ice si stava comportando in modo ancor più strano di quanto avesse immaginato. Un secondo dopo sorrise, sentendo Ice da lontano che tratteneva a fatica un urlo di gioia per poi esclamare: "Ma era ora!" Era del tutto calma e composta quando si riavvicinò al telefono. "Come si chiama?"

Mozart sogghignò. "Avevo detto a Summer che avresti reagito così."

"Summer? Si chiama così?"

"Sì."

"E le hai detto che mi avresti chiamata e che avrei gioito perché hai incontrato qualcuna?"

"Non con queste parole precise, ma sì."

"Allora mi piace già."

"Vedrai che ti piacerà. Però, Ice, ha delle debolezze..." Prima ancora che potesse proseguire, Caroline lo interruppe

"E chi non ne ha?"

"Voglio dire, le ho detto che l'avresti chiamata. Se non lo fai... sarà distrutta."

"Non preoccuparti, Sam, La chiamerò."

Non riuscendo a nascondere il sollievo, Mozart disse: "Grazie"

"Adesso raccontami tutto."

"Tutto?"

"Sì, come vi siete conosciuti, dove lavora, com'è andata... dai, lo sai... tutto."

Mozart sogghignò di nuovo. Quando Ice si fissava su qualcosa, era impossibile distrarla. Almeno il rientro a Riverton sarebbe stato più interessante. Quando

Mozart arrivò al parcheggio del suo condominio, si sentiva molto meglio rispetto alla separazione da Summer. Non che ne fosse contento, ma sapeva che Ice e le altre si sarebbero prese cura di lei nel frattempo, fino a quando lui non fosse tornato. Avrebbe dovuto accettare quella situazione, almeno finché non fosse riuscito a convincerla a trasferirsi per vivere insieme. Il pensiero di lei che viveva con lui non lo destabilizzò minimamente. Era sua. Punto. *Però*, il pensiero che lei potesse aver bisogno di lui quando lui era via, *quello* lo faceva impazzire. Sapeva che originava dal rapimento di Avery e dalla successiva sensazione di impotenza, ma era così e non poteva farci nulla.

Era stato onesto con Summer, quando le aveva detto che pensarla al freddo o affamata lo faceva ammattire. Sapeva di aver preso in giro tante volte Wolf o Abe o Cookie quando erano in missione, ora era arrivato il suo turno. Adesso lo capiva. Erano protettivi fino al midollo e trovarsi nelle condizioni di non *poter* proteggere la propria donna non era affatto una bella sensazione.

CAPITOLO UNDICI

Ehi, Mozart, sono io. Ancora, tanto per cambiare. Trovo ancora un po' sciocco che tu mi abbia ordinato di lasciarti un messaggio ogni giorno. E se poi la tua segreteria si riempie e qualcuno di importante deve lasciarti un messaggio? Comunque, qua non è successo nulla. Gli ospiti sono sempre pochi, quindi per me va bene. Henry è nervoso come al solito. Non so cosa gli passi per la testa che lo tormenta così, ma almeno mi lascia stare. Ho ancora quintali di cibo da mangiare, quindi va tutto bene. Joseph sta facendo dei lavori per migliorare un po' le camere. A quanto pare, il frigo e il microonde che hai messo qua nella mia stanza hanno fatto riflettere Henry e adesso ne mette uno per ogni camera. Non so se faranno arrivare più persone, ma almeno è qualcosa. Joseph ha cercato di dare una sistemata anche al terreno per creare un ambiente migliore. Oggi ha cominciato a verniciare le camere che non sono occupate. È stato davvero un grande aiuto. Comunque, spero tu stia bene e che la tua... cosa... vada bene. Mi manchi. Ciao.

Summer riagganciò. Era davvero ridicolo che Mozart volesse farsi lasciare un messaggio da lei ogni giorno, ma non poteva negare che le veniva la pelle d'oca al solo pensiero di lui che ascoltava tutti i suoi messaggi al rientro. Era come scrivere un diario delle sue giornate, era piuttosto intimo. Anche se erano solo messaggi registrati.

In realtà non aveva alcunché di interessante da raccontargli, però, e Summer se ne preoccupava. Aveva un'esistenza molto noiosa. Non aveva un'auto, quindi era sempre al motel da mattina a sera. Ma almeno adesso era al caldo e non aveva sempre fame.

Però le amiche di Mozart non si erano fatte sentire. Non che lei se lo aspettasse, a prescindere da tutti i suoi discorsi, però le dava fastidio comunque. Le ricordava le sensazioni del primo incontro con Mozart. Lui aveva detto che sarebbe tornato e poi non si era più visto. Anche se Summer non pensava facesse sul serio, una parte di lei, nel profondo, gli aveva creduto. Lui era sembrato così onesto e sincero quando le aveva detto che questa persona di nome Ice l'avrebbe chiamata, glielo aveva fatto credere. Ora, erano passati quattro giorni e il suo telefono non aveva squillato mai.

Summer adorava il poter saltare la colazione nell'ufficio. Aveva sempre odiato come Henry la squadrava, quando si portava via qualcosa in più da mangiare. Ora che Mozart l'aveva sistemata, non doveva più preoccuparsene. Poteva dormire più a lungo e prepararsi con calma in camera sua. Quel mattino non aveva tanto tempo come al solito, però, perché Henry le aveva detto che sarebbero arrivate più persone del solito ad alloggiare. Di solito gli arrivi erano intorno alle quindici, ma questo gruppo aveva richiesto di arrivare prima. Non era un problema, ma siccome Joseph stava verniciando alcune delle camere, quelle disponibili non erano così tante. Summer dovette cominciare prima del solito per preparare le camere necessarie. Il gruppo non era numeroso, solo tre stanze, ma Henry era così ansioso per avere tutti gli ospiti che poteva, che si comportava come se stesse per arrivare la Regina d'Inghilterra o qualche altra celebrità.

Summer aveva appena chiuso la porta dell'ultima camera che aveva pulito quando sentì una macchina che entrava nel piccolo parcheggio. Lanciò uno sguardo mentre si dirigeva verso il magazzino per metter via i prodotti delle pulizie e il carrello, e vide tre donne che saltavano giù da un SUV da ricconi. Era un veicolo enorme e sembrava nuovo. Summer sapeva che non sarebbe mai stata a suo agio ad andare in giro con un mezzo del genere. Lo ignorò e proseguì per la sua strada. Non vedeva l'ora di buttarsi a riposare in camera sua. Era stanca e anche un po' giù. Le mancava Mozart, più di quanto si aspettasse, desiderava solo guardare la TV e vegetare per un po'.

Mentre si stava incamminando verso la sua stanza, le tre signore uscirono dall'ufficio. Summer le guardò e rimase colpita quando una la chiamò per nome. Summer si fermò e si girò verso di loro. Ora stavano camminando verso di lei. Summer si strinse nella sua giacca. Quando gli ospiti parlavano con lei, si sentiva sempre nervosa. Lei era sempre stata onesta e aveva sempre restituito tutto ciò che trovava nelle camere, ma era inevitabile che qualcuno la potesse accusare di aver rubato qualunque cosa fosse fuori posto o smarrita. Summer non riconosceva quelle donne, ma ciò non significava che loro non la conoscessero. Lei *era* l'unica donna in servizio al motel.

"Sì?" La risposta le uscì un po' più decisa di quanto Summer volesse, ma era troppo tardi per rimangiarsela.

"Tu sei Summer, vero? La Summer di Sam?"

"Sam?"

Una delle altre donne rise. "Mozart. Caroline intende dire Mozart."

Summer non poté far altro che fissare quelle donne confusa. "Ah, sì, conosco Mozart, se è questo che intendete." Erano alcune delle famose conquiste del passato di Mozart? Si sentiva completamente smarrita.

"Cacchio, come siete, la state spaventando. Summer, io sono Fiona. Loro sono Caroline e Alabama. Sam ti ha raccontato di noi?"

Summer rimase di sasso. Pensava Caroline le avrebbe *telefonato* e non che si sarebbe presentata di persona, soprattutto non con altre persone al seguito. Si sistemò nervosa una ciocca di capelli dietro l'orecchio. "Ha detto che avresti chiamato," disse un po' seccata, guardando la donna che si chiamava Caroline.

"Lo so. Mi ha chiamata nel momento stesso in cui è

partito da qui, domenica, mi ha chiesto di telefonarti. Ma io ho parlato con Fee e Alabama e abbiamo deciso di farci una bella gita. Volevamo incontrare la donna che ha messo in ginocchio Sam, e volevamo anche fare quello che lui ci ha chiesto, cioè tranquillizzarti sui nostri uomini. Dirti che sanno quel che fanno e che torneranno tutti interi."

Summer non sapeva ancora che dire. Era totalmente stranita. "Vaaa Beneeee."

Caroline rise e fece un passo in avanti, poi passò un braccio sotto quello di Summer come se si conoscessero da anni, invece che solo da qualche minuto. "Lo so, sembro una matta. Ma ti giuro che non lo sono." Guardò Summer con una serietà che non aveva ancora mostrato prima. "Tu hai catturato l'attenzione di Sam. Non era mai successo. Mai. Quindi quando mi ha detto che era in pensiero per te e che voleva che ti chiamassi, ho capito che saremmo venute qui. Sei una di noi. Stare insieme a un SEAL non è certo facile. Infatti, ci sono momenti in cui ti senti proprio uno straccio. Così volevamo venire quassù per darti il nostro supporto. Dobbiamo stare unite. Allora che mi dici?"

"Alloggerete *qui*?"

Alabama parlò per la prima volta: "Non è certo il Ritz, vero?"

"Uh. No. Di certo voi ragazze potevate trovare un posto migliore di questo."

"Già, ma *tu* sei qui. Quindi eccoci qua." Disse di

getto Fiona. "Andiamo, Summer. Cos'hai da perdere a passare un po' di tempo con noi? Siamo così cattive?"

Quasi inorridita al pensiero che quelle donne potessero immaginare che lei non voleva passare del tempo con loro, che non fosse emozionata perché erano lì, Summer farfugliò: "Oh no. Santo cielo. No, sono contenta che siate qua. Solo che proprio non capisco il perché, ma sono comunque contenta. Chiunque sia amico di Mozart, spero sia anche amico mio."

"Hai finito per oggi?" chiese Caroline.

Summer annuì.

"Bene. Allora sistemiamoci e poi vediamo se riusciamo a cacciarci in qualche guaio. Abbiamo fame."

"Va bene. Ci troviamo qui tra cinque minuti? Non sarà troppo presto, ragazze?" chiese Fiona al gruppo, in generale. Erano tutte d'accordo, così si diressero alle rispettive camere. Summer rimase lì in piedi nel parcheggio per un momento, prima di darsi una mossa e dirigersi anche lei in camera sua. Non sapeva con certezza cosa le riservasse la serata, ma qualunque cosa fosse, sembrava interessante.

———

Summer lasciò cadere la testa all'indietro e rise freneticamente. Quelle donne erano divertentissime. Non si divertiva così tanto, non ricordava nemmeno da quanto. Si erano ritrovate nel parcheggio ed erano entrate tutte in quel SUV bestiale. Caroline si era messa a ridere dicendo che Matthew gliel'aveva comprato perché voleva che fosse sempre al sicuro. Anche questo sembrò molto famigliare a Summer.

Avevano cenato nello stesso ristorante in cui Mozart l'aveva portata quando erano usciti la prima volta, poi avevano trasferito il loro festino in un bar piuttosto malfamato. Fiona non beveva, ma le altre si scolarono un drink dopo l'altro. Era divertente potersi lasciar andare per la prima volta dopo tanto tempo. Summer non era ancora sicura di sentirsi a suo agio abbastanza da lasciar cadere ogni barriera e inibizione con quelle donne, ma decise ben presto di fidarsi abbastanza da farsi una bevutina.

"Ragazze, vi ricordate quando siamo uscite insieme quella notte e i ragazzi ci hanno seguito e si sono messi seduti in un angolo a squadrare ogni uomo che osava minimamente *guardare* verso di noi? Quando abbiamo deciso di chiudere la serata, il gestore era così contento e sollevato! Penso avesse paura che i nostri SEAL potessero scatenarsi contro gli altri clienti, non sarebbe mai riuscito a recuperare le perdite." Le donne si raccontarono una storia dopo l'altra, sui loro uomini così protettivi e maschi, facendolo sempre col sorriso. Nessuna sembrava preoccupata di quanto facessero quegli uomini.

Vedendo Summer confusa dalle loro storie, Fiona cercò di spiegare: "Summer, stare insieme a un SEAL richiede molto equilibrio. Loro imparano fin dal primo momento in cui cominciano l'addestramento che devono proteggere gli altri.. I commilitoni, donne, altri paesi, chi viene maltrattato o ignorato... fa parte di loro. Se tu e io sappiamo di poter girare per il mondo senza bisogno di qualcuno che ci protegge e ci osserva in ogni momento, loro non riescono a ficcarselo nella loro testa dura. Dobbiamo solo imparare a gestirli. Lasciamo che ci seguano quando usciamo, perché poi le soddisfazioni superano il fastidio almeno dieci volte.."

"Che vuoi dire?"

"Hunter farebbe qualunque cosa per me. Basta che glielo chieda. Lui si assicura che nessuno mi dia fastidio. Metterebbe in secondo piano qualunque cosa, e lo *ha* fatto, pur di vedermi. Quando sei triste, loro cercano di rallegrarti. Quando sei felice, vogliono sapere il motivo per poterlo ripetere tante altre volte. E il sesso. Wow, immagino tu lo sappia già, ma il sesso è da settimo cielo. Non avrei mai pensato minimamente di poter tornare a godere facendo sesso, dopo quanto mi era successo, ma Hunter si concentra completamente per darmi soddisfazione a letto e io proteggerò e coltiverò questo rapporto con tutta me stessa."

Sentendo sempre più l'effetto dell'alcol, Summer smise di filtrare le sue parole, come avrebbe fatto normalmente. Si era accorta che c'era qualcosa di diverso in Fiona, ma non sapeva cosa: "Dopo quanto ti è successo?"

Fiona mise una mano su quelle di Summer. "Sì, un giorno ti racconterò tutta la mia storia, ma per farla breve, sono stata rapita e portata in Messico per diventare una schiava del sesso. Hunter e il resto della squadra sono arrivati per salvare qualcun altro e hanno trovata anche me."

Summer sbiancò. Aveva letto di cose simili che erano successe, ma mai avrebbe immaginato di incontrare una sopravvissuta in carne e ossa. "Cosa?" strillò, alzandosi subito in piedi, con un gesto così rapido da far cadere il suo sgabello per terra con gran chiasso. "Mi prendi per il culo? Li hanno beccati?"

Fiona non diede alcun segno di sorpresa alla sua reazione. "Torna a sederti, Summer, sto bene. Vedi? Sono qui che parlo con te, va tutto bene. Non li hanno beccati, ma non importa. Hunter mi ha salvata. Questo sto cercando di dirti, adoro il fatto che lui mi protegga. Adoro che si preoccupi per me. Piuttosto che passare ancora quel che ho passato, preferisco mille volte che sia iperprotettivo con me."

Summer si sedette con le lacrime agli occhi. Poi guardò le altre, accorgendosi all'improvviso che erano tutte in silenzio. "E voi ragazze?" chiese d'istinto. "Anche a voi è successo?"

"Sam non ti ha raccontato nulla di noi? Davvero?" chiese Caroline curiosa, senza rispondere alla domanda di Summer.

"No, dimmelo. Non posso sopportare questo peso." Summer si passò una mano sul petto.

"Io ho salvato la vita a Matthew, poi lui ha salvato la mia, dopo che ero stata rapita da alcuni terroristi," disse in tutta semplicità Caroline.

"Io ho incontrato Christopher a una festa, quando l'edificio si è incendiato," disse Alabama con voce tranquilla.

"Ma dite davvero? Seriamente?" Quando le vide annuire, proseguì. "Mamma mia. Che scema che sono. La mia vita è così noiosa rispetto alle vostre, ragazze. Io non potrei salvare nessuno. Non ho mai fatto nulla del genere. Io sono così normale, quel che faccio non è nemmeno divertente."

Fiona si avvicinò di nuovo a Summer. "Ma non capisci? Non importa. Tu hai attirato la sua attenzione. Penso tu sappia che Sam non è abituato a 'stare' in una relazione. Mai. Il fatto che abbia chiesto a Caroline di chiamarti e di farti rientrare nel nostro gruppetto la dice lunga. Ovviamente non devi fare nulla. Hai catturato la sua attenzione essendo te stessa."

Risucchiando l'ultimo sorso della sua bibita dal fondo del bicchiere, Summer guardò in alto e mormorò: "E se poi Mozart pensa che sono noiosa a letto?"

La prima a reagire fu Caroline. "Ma vuoi dire che non siete ancora stati a letto insieme?"

"No, cioè, abbiamo dormito. Lui non ha voluto... capito? Ha detto che voleva aspettare. Non so il perché. Forse perché non gli piaccio abbastanza?" Summer non era convinta fino in fondo di quanto stava dicendo. Sapeva che Mozart si era eccitato quando si stavano divertendo a letto, prima che se ne andasse. Era ovvio che la voleva, ma non aveva approfittato di quell'occasione. Summer aveva bisogno dell'opinione di un'altra donna.

"Questa è la prova, Summer," disse francamente Caroline, con voce molto più sobria di quanto non fosse a quel punto. "Se Sam non ha ancora fatto l'amore con te, significa che è tuo. Non capisci, di certo non ti farà piacere sentirtelo dire, ma lui è stato con tantissime donne. *Tantissime*. E nessuna è mai stata importante per lui. Diamine, probabilmente non si ricorderebbe nemmeno i loro nomi." Vedendo lo sguardo deluso di Summer, si sbrigò ad arrivare al punto. "Non si è mai trattenuto, mai una volta. Se lo ha fatto con te, significa che per lui sei importante. Cavolo, significa che sei tutto, per lui. Non è il tipo di uomo che cambia comportamento solo per rispetto delle emozioni della donna con cui va a letto. Non capisci? Proprio perché *non ha* fatto l'amore con te significa che sei importante."

Sentendosi molto più vulnerabile di quanto volesse, Summer chiese sottovoce: "Ma sei sicura?"

"Oh sì, sono sicura," disse impetuosa Caroline.

Sul volto di Summer si aprì un sorriso. "Anche a me piace."

Le altre reagirono con versi e risate. Summer era felicissima che fossero venute a trovarla. Stava molto meglio anche rispetto all'assenza di Mozart. Non le avrebbe fatto piacere vederle andarsene, ma sperava di rimanere in contatto. Per la prima volta dopo tanto tempo, Summer pensò che fosse possibile.

Dopo un'altra ora di risate, bevute e discorsi vari,

decisero di porre fine alla serata. Si avviarono tutte quattro fuori dal bar, aggrappate a Fiona, l'unica rimasta sobria, stringendola più che potevano per non cadere. Tra risatine e sghignazzamenti vari, risalirono sull'enorme SUV e si raccontarono altre storie piccanti per tutto il tragitto fino al motel

Dopo aver accostato e parcheggiato davanti alle camere, Fiona aiutò le altre a scendere da quel veicolo così imponente. Le accompagnò una ad una in camera e ammonì ciascuna di chiudere a chiave la porta. Decisero di ritrovarsi il giorno dopo a pranzo, sapendo che non si sarebbero svegliate in tempo per la colazione. Summer sapeva di doversi alzare per lavorare, ma in quel momento non le importava. Fiona raggiunse la porta di Summer per ultima.

Summer era in piedi sulla soglia della sua camera, aspettava che Fiona venisse a darle la buona notte. Mentre aspettava, si guardò intorno e vide Joseph in piedi verso la fine della fila di stanze. Summer non aveva idea di dove alloggiasse, ma immaginò che Henry l'avesse lasciato dormire in una della camere del motel, proprio come con lei. Fece un cenno con la mano per salutare quell'uomo e lo vide sorriderle e alzare il mento in cenno di saluto. Joseph rimase là in piedi a guardare, mentre Fiona accompagnava al sicuro le sue amiche nelle rispettive camere per la notte.

"Chi è quello?"

Summer si rivolse a Fiona per rispondere. "Solo

Joseph. Lavora qui come operaio. Ha fatto molti interventi per migliorare le strutture."

"Però è inquietante."

Summer guardò di nuovo il punto in cui Joseph era in piedi, ma lui non era più là. Fece spallucce. "Nooo, è innocuo. È un tipo solitario." Cambiando argomento, disse: "Grazie per essere venute, Fiona, lo apprezzo davvero. So che non mi conoscevate e magari potevate trovare una stronza."

"Sapevamo che non lo eri."

"Come?" il sussurro di Summer andò svanendo. Non era del tutto sobria, ma voleva davvero sentire cosa le diceva Fiona.

"Abbiamo sentito la storia di quanto hai fatto per Sam, quando ha alloggiato qui la prima volta."

"Cosa? Come?"

"Quando ha chiesto a Caroline di telefonarti, le ha raccontato tutta la vicenda. Voleva sapessimo chi eri, infatti ha funzionato. Esserti disinteressata alle cicatrici di Sam è stata una mossa che ti avrebbe messo in rilievo con Caroline, e Sam lo sapeva. Caroline si sente ancora molto in colpa per come sono andate le cose, per quanto Sam continui a dirle che non è stata colpa sua. Quindi il fatto che tu l'abbia difeso davanti a quelle altre, anche se non lo conoscevi nemmeno? Sì, sicuro che sarebbe venuta qui. Adesso sei una di noi, Summer. Detestiamo quando i nostri uomini sono via, la notte andiamo a dormire preoccupate per loro. A loro non diremmo mai quanto stiamo in pensiero. Hanno già abbastanza pensieri per conto loro. Così ci troviamo e magari ci facciamo una bella bevuta. Ci confidiamo le nostre preoccupazioni. Abbiamo bisogno le une delle altre, lo stesso vale per te. Facciamo parte di un circolo esclusivo. Nessuna di noi ha chiesto di farne parte, eppure eccoci qua. Di certo ti chiederai se vale la pena preoccuparsi, avere paura, non sapere dova siano o cosa facciano. Io ti dico che sì, ne vale la pena. Al cento per cento. Questi uomini farebbero di tutto per noi. Per quelle di noi che hanno dovuto superare l'inferno, loro sono la nostra roccia." Fiona prese fiato e si avvicinò a Summer.

"Se stai pensando di non farcela, adesso è il momento per rompere. Non aspettare. Si comportano come dei duri imperturbabili, ma nel profondo non lo sono. Probabilmente sono anche più vulnerabili degli altri uomini, a causa del loro lavoro. Se hai bisogno di parlarne con qualcuno, puoi sempre chiamare una di noi. Noi saremo oneste con te. Però, per favore, non prendere in giro Sam. Non usarlo."

Summer si rilassò, contenta di sentirselo dire, finalmente. Si era chiesta quando sarebbe successo. Pensava però che sarebbe saltato fuori da Caroline, non da Fiona. "Sono felice che Mozart sia circondato di persone che si preoccupano per lui. Io non voglio fargli male. Non so ancora il perché lui stia con me, ma lo voglio." Le sue parole furono semplici, ma sentite.

Fiona annuì. "Bene. Adesso andiamo a dormire. Ci vediamo domani."

"Buona notte, Fiona. Grazie ancora."

Summer guardò Fiona andare verso la sua stanza e chiudersi dietro la porta. Diede un'altra occhiata intorno, nel parcheggio vuoto, e non vide nessuno nell'oscurità. Poi si chiuse dentro a chiave e si sfilò i vestiti, lasciandoli cadere per terra sul posto, senza curarsene. Poi corse a usare il bagno e a lavarsi i denti.

Summer si infilò una maglietta dalla testa e gattonò nel letto. Poi prese il telefono. Non poté fare a meno di telefonare a Mozart. Aveva una voglia matta di parlargli. Si sarebbe dovuta accontentare di lasciare un messaggio.

Ehi, sono io. Caroline, Alabama e Fiona sono venute qui, oggi. Siamo uscite a cena e poi siamo andate a bere qualcosa. Niente paura, Fiona ha fatto da autista designata. Mi piacciono. Mi piacciono le tue amiche. Son contentissima che ci siano delle amicizie che si preoccupano per te. E tanto per fartelo sapere, mi piaci. Posso sostenere quello che fai. Posso sostenere il tuo lavoro. Se vuoi davvero stare con me, io ci sono. Non passa un'ora senza che la mia mente ricordi tutto ciò che hai fatto per me. Ti sei preso cura di me senza farmi sentire soffocata, senza farmelo pesare. Mi piace sentirmi tua... Cavolo. Ho bevuto troppo, quindi magari non mi esprimo bene, ma volevo solo assicurarmi che sapessi che non ti sto prendendo in giro. Sono grande abbastanza da sapere quello che voglio, e sono piuttosto certa che sia tu. Quindi, mi piacciono le tue amiche. Sono divertenti. Non sono sicura che amino stare qua al motel, ma sono venute lo stesso. Fiona mi ha detto che Joseph è inquietante, ma io ho cercato di dirle che non lo è, è solo un tipo solitario, come ero io. Però non lo sono più. Ci sei tu. Almeno mi sembra. Va bene, adesso farfuglio. Devo svegliarmi tra cinque ore, ma non volevo aspettare per dirti grazie, per aver telefonato a Caroline. Non vedo l'ora di rivederti. Ciao.

Summer chiuse la chiamata, sapendo che il suo messaggio era proprio sconclusionato, ma sperava che Mozart capisse quel che aveva cercato di dirgli. Si girò sul letto e chiuse gli occhi. Si addormentò in pochi minuti.

CAPITOLO DODICI

Summer fece un cenno di saluto al SUV che usciva dal parcheggio. Aveva passato gli ultimi tre giorni insieme a Caroline, Alabama e Fiona, era sinceramente rattristata dal vederle andar via. Di sicuro, le avevano aperto gli occhi su come fosse, avere una relazione con un SEAL. Lei aveva una vaga idea di quanto le avevano detto, ma sentirselo raccontare nel dettaglio le aveva aperto gli occhi.

Nulla di quanto le avevano riferito le aveva fatto desiderare di porre fine alla storia con Mozart. Se mai, l'avevano resa più decisa a essere il tipo di donna di cui lui aveva bisogno. Era un gran lavoratore, rischiava la vita per gli altri, lei voleva esserci per lui, quando fosse tornato. Voleva rendere più facile la vita di Mozart.

Incontrare Fiona e sapere che era una delle persone che Mozart e gli altri della squadra avevano aiutato le aveva fatto chiudere il cerchio. I SEAL andavano in missione per aiutare gli altri, nessuno lo sapeva. Era messo tutto a tacere. Summer non era un'ingenua, sapeva che in alcune missioni dovevano uccidere. Terroristi, dittatori, spacciatori... che importava. Avrebbe accettato il carattere protettivo di Mozart, perché sapeva per certo che era solo fatto così.

Durante una conversazione tra donne, Summer si era chiesta a voce alta se fosse stata la sua condizione a catturare l'interesse di Mozart per lei. Se si fosse interessato per salvarla. Le avevano tolto subito quell'idea dalla testa.

Caroline le aveva detto senza mezzi termini: "Summer, se bastasse questo, non pensi che a quest'ora avrebbe già qualcuna? Ha visto centinaia di persone nelle tue condizioni. Persone in difficoltà, affamate, al freddo, chi più ne ha più ne metta. Non si è attaccato a *loro*. Non ci ha telefonato per chiederci di star vicino a *loro*. Quel che ha sempre fatto in passato è contattare le autorità, o dare alle persone in questione dei biglietti da visita per trovare un rifugio o altro aiuto. Quindi non penso proprio che sia così. Ha visto chi *sei*. Poterti aiutare è stato solo un qualcosa in più."

Summer le aveva creduto.

Si erano messe d'accordo di tenersi in contatto. Alabama, che era senz'altro la più tranquilla del gruppetto, si era lagnata perché Summer non aveva un telefono cellulare. Avrebbe desiderato inviarle dei messaggi o comunicare con lei in quel modo. Summer aveva apprezzato con piacere, ma non aveva ceduto quando avevano cominciato a discutere di mettere anche lei in uno dei loro abbonamenti famigliari. Un conto era che Mozart spendesse dei soldi per comprarle da mangiare. Un altro conto era permettere alle sue *amiche* di spendere dei soldi per un oggetto così frivolo e inutile per la sua vita.

Quindi avevano concordato di comunicare con il telefono fisso che Summer aveva in camera sua. Avevano promesso di telefonarle appena rientrate a Riverton, per farle sapere che erano arrivate e che andava tutto bene.

Summer aveva tirato da parte Fiona per ringraziarla, per le parole oneste della prima sera, quando erano arrivate. Fiona le aveva detto di lasciar perdere, ma Summer aveva capito che per lei era molto importante.

Summer sospirò appesantita. Doveva ripulire le camere e l'aspettava un'altra settimana di noia. Era sorprendente quanto la sua vita le sembrasse poco interessante, adesso che aveva incontrato sia Mozart che le sue amiche. Summer era un po' nervosa perché doveva ancora incontrare gli altri della squadra, ma le altre le avevano assicurato che sarebbe piaciuta a tutti. Summer non ne era così sicura, ma ora non poteva farci nulla. Era una persona molto concreta. Doveva solo far passare quel giorno. Poi quello dopo. Poi quello dopo ancora.

Summer stava facendo le pulizie in una delle camere

e sognava a occhi aperti di rivedere Mozart, quando sentì una voce che si schiariva dietro di lei. Sobbalzò, sapeva di dover fare più attenzione quando era da sola in una camera. Chiunque avrebbe potuto facilmente arrivarle di soppiatto alle spalle, chiudere la porta e aggredirla. Si girò e vide Joseph in piedi all'ingresso.

"Santo cielo, Joseph, mi hai fatto paura. Che c'è?"

"Dovresti fare più attenzione e guardarti attorno, Summer," le disse, con una strana espressione negli occhi.

"Lo so, stavo proprio pensando la stessa cosa," Summer rise nervosamente. Joseph non l'aveva mai innervosita prima, ma adesso si comportava davvero in modo strano, tanto da farla rabbrividire. Subito si ricordò anche di quando Fiona le aveva detto che Joseph era "inquietante". "Posso fare qualcosa per te?"

"Sì, volevo solo dirti che ho finito con la due. Dovrebbe essere pronta per i prossimi clienti. Henry mi ha chiesto di dirti di andare pure a fare le pulizie e prepararla."

"Va bene, grazie per avermelo detto. La rimetto nella mia scheda e ci vado appena finisco le altre camere." Summer vide che Joseph rimase lì fermo, in piedi. "C'è qualcos'altro?"

"Ti vedi con qualcuno?"

"Cosa?"

"Ti vedi con qualcuno?" ripeté lui, con voce atona.

"Uh, in realtà sì." Summer non aveva certo intenzione di scusarsi per questo, ma non sapeva che altro dire. Sperava di tutto cuore che Joseph non le chiedesse di uscire con lui. Era troppo vecchio per lei, e poi non le interessava affatto, era solo gentile perché lavoravano insieme nel motel.

"Non ho visto nessuno nei paraggi. Solo le signore che sono ripartite oggi."

"Sì, già, però è così. Va bene? Lui è un militare e adesso è in missione." Le parole le stavano ancora uscendo di bocca e Summer si era già pentita di averle pronunciate, avrebbe preferito rimangiarsele. Perché aveva detto a Joseph che Mozart non era nei paraggi?

"Capisco. Va bene, non sarà una cosa seria, l'ho visto solo una volta."

Sentendo che lui non diceva altro, Summer farfugliò: "Beh, è seria."

"Hm. Va bene. Insomma, magari mi presenterai il tuo 'militare' la prossima volta che viene."

"Sì, certo. Nessun problema, Joseph."

"Allora buona giornata, Summer."

"Anche a te." Summer lasciò andare un sospiro di sollievo quando Joseph se ne andò dall'uscio dirigendosi verso l'ufficio, molto probabilmente per dire a Henry che aveva completato qualunque compito gli fosse stato assegnato.

Summer ripulì il resto delle camere tenendo sempre un occhio rivolto verso l'ingresso. Aveva perfino chiuso del tutto la porta quando aveva dovuto pulire i bagni. Si sentiva vulnerabile, dopo quella stramba conversazione con Joseph, non voleva più essere sorpresa, da nessuno.

Summer tornò in camera sua appena terminato il lavoro e si chiuse dentro a chiave. Serrò pure il chiavistello girandolo perché non si sfilasse da solo. Tremava un poco, anche se non aveva freddo. Era stata una giornata strana, tutto a causa di Joseph. Non aveva mai davvero parlato con quell'uomo prima di allora. Henry li aveva fatti conoscere, quando lo aveva assunto, ma in seguito si erano scambiati solo dei cenni e dei "ciao" di sfuggita.

Che lui decidesse così all'improvviso di andare a parlarle e di chiederle con chi stesse uscendo era proprio strano. Ripensò all'inizio del fine settimana. Alabama aveva notato che l'uomo le osservava e aveva commentato dicendo che era strano. *Era* strano davvero? Summer non lo sapeva.

Si preparò per cena un'insalata e un piatto pronto scaldato al microonde. Sapendo di dover guadagnare un po' di peso, si costrinse a mangiare per dessert una barretta dolce. Normalmente avrebbe apprezzato quel dolcetto al cioccolato, anche perché una botta di vita come quella, per quanto una piccola barretta dolce, non le era capitata in tantissimo tempo. Ma quella sera non era la sera giusta. Avrebbe tanto desiderato parlare con Mozart. Vederlo. Avrebbe desiderato farsi stringere da lui, farsi dire che andava tutto bene. Summer si sdraiò e prese il telefono.

Ehi, Mozart. Sono io. Per qualche motivo adesso non mi sento più strana a chiamarti tutti i giorni e a lasciarti un messaggio. Così mi sento più vicina a te. Durante il giorno mi ritrovo a pensare a cosa raccontarti, non vedo l'ora di prendere il telefono per farlo. Aspetto con ansia il momento in cui finalmente potrai rispondermi quando ti racconto di me. Le ragazze sono ripartite oggi. Mi ha rattristato vederle andarsene. Avevi ragione. È bello parlare con qualcuno che sa cosa vuol dire la tua assenza. Anche loro come me devono superare questa difficoltà e poter parlare con loro mi fa bene. Hanno detto che si terranno in contatto. Quindi anche per questo ti ringrazio. Avrei dovuto fidarmi di più, credere che sapevi il fatto tuo quando ne parlavi... e no, non me lo potrai rinfacciare quando tornerai. Oggi è successo qualcosa di strano con Joseph. Non so se riesco davvero a spiegartelo al telefono, però. Probabilmente non è nulla, ma solo qualcosa diverso dal solito. Mi ha chiesto se uscivo con qualcuno. Ma è strano, perché non avevamo mai davvero parlato in passato. Non te la prendere, ovviamente gli ho risposto di sì. Comunque, a parte questo, le cose vanno avanti come al solito. Mi sono appena mangiata l'ultima barretta dolce che mi avevi comprato. Vedrò di comprarmene delle altre, ormai mi ci sono abituata. Mi manchi, Mozart. Spero tu stia bene. Non vedo l'ora che torni. Ciao.

Summer rimise il telefono sul supporto appoggiato al tavolino e si infilò sotto le coperte, a letto. Nella sua mente scorrevano tutte le cose che voleva dire a Mozart. Non era passata nemmeno una settimana da quando era partito, ma sperava con tutto il cuore che

questa missione fosse una di quelle corte. Si sarebbe
sentita meglio con lui tornato in California, invece che
chissà dove. La situazione non sarebbe stata molto
diversa, lei era lì e lui a Riverton, ma almeno sarebbe
stato in zona e avrebbero potuto parlare.

─────

CAPITOLO TREDICI

─────

SUMMER GRUGNÌ quando il telefono squillò, il mattino dopo. Si rigirò nel letto e vide che erano solo le sei e mezza. Però non pensò minimamente di ignorare la chiamata, perché gli unici ad avere il suo numero per chiamarla erano Mozart e le sue amiche, che ora conosceva.

"Pronto?" Summer cercò di sembrare più sveglia di quanto non fosse. Non aveva idea del perché le persone lo facessero, fingere di essere svegli quando in realtà non lo sono, ma le sembrava la cosa più educata da fare.

"Scusa, ti ho svegliata, Summer. Come stai?"

"Uh...chi è?" Summer sapeva che non era Mozart, avrebbe riconosciuto la sua voce in un attimo. Non aveva mai sentito quella persona prima di allora.

Soffocando appena una risata, la persona all'altro capo della linea disse: "Scusa, sono Tex. Penso che Mozart ti abbia parlato di me?"

"Sì. C'è qualcosa che non va? Come sta Mozart?"

"Merda. Sì. Sta bene, Scusa, non volevo spaventarti. Volevo solo chiamarti per presentarmi. So che ti ha detto di chiamarmi, se ti serve qualcosa, ma se somigli anche un poco alle donne che conosco, non lo farai, perché non mi conosci. Così ho deciso di chiamarti per *farti* sapere chi sono e per dirti di chiamarmi se hai bisogno di qualcosa."

Non sapendo esattamente perché aveva chiamato e non essendo ancora del tutto sveglia, Summer disse solo: "Va bene."

Tex fece un'altra risatina al telefono. "Prima di tutto, voglio dirti cosa faccio. Si tratta di elettronica, posso raccogliere informazioni di ogni tipo. Telefoni, telecamere, computer, carte di credito... qualunque cosa."

"Sei uno hacker?"

"Sì."

Summer ora sussurrava: "Ma è legale?"

"Non vado certo in giro a violare i sistemi informatici e le banche dati dell'FBI per divertirmi, Summer, se è questo che intendi. Ma se devo trovare qualcuno o se uno della mia squadra ha bisogno di qualcosa, io gliela faccio trovare."

"Non capisco bene come mai non è illegale." Summer si mise a sedere sul letto, ora era un po' più scossa, si appoggiò alla testiera. Voleva davvero capire quest'uomo. Aveva sentito molto rispetto nella voce di Mozart, quando le aveva parlato di Tex. Sapeva che Mozart era un eroe onesto fino al midollo e che non si sarebbe battuto per una causa che non fosse chiara e cristallina.

"Lascia che ti faccia un esempio. Spero non ti dispiaccia, ma Mozart mi ha parlato un po' della tua situazione. Se mi chiamassi, come dovresti, per dirmi che hai finito le scorte di soldi o di cibo e che hai fame, in pochi clic io farei in modo che il negozio locale di alimentari ti consegni una settimana di viveri, qualunque cosa tu voglia mangiare, basterebbero cinque minuti."

"Ma è furto!" si espresse onestamente Summer, turbata senza ragione.

"Non ho detto che non avrei pagato," la riprese Tex.

Summer arrossì e mormorò solo: "Oh..."

"Già, oh. Posso fare in modo che ti venga consegnato da mangiare a domicilio. Pagherei con la mia carta di credito, o con quella di Mozart, ma sarebbe tutto spesato. Quello che sto cercando di farti capire, dolcezza, è che non sei da sola. Posso farti arrivare tutto ciò che ti serve anche a distanza. Non devo barare o violare la legge per farlo."

Summer si lasciò andare un sospiro di sollievo.

Tex lo sentì e continuò. "Ma questo non vuol dire che *non farei* qualcosa di illecito, se fosse necessario per aiutarti."

"Ma tu non mi conosci nemmeno," ribatté Summer.

"Non c'è bisogno. Tu appartieni a Mozart. A me basta questo.."

Summer non ebbe nulla da dire al riguardo. Da un

lato la faceva impallidire che Tex l'avesse detto apertamente. Le sembrava un modo un po' barbaro. Ma
dall'altro lato, le risuonava quanto le avevano detto
Caroline, Alabama e Fiona a proposito dei loro uomini,
la gioia di far parte di una famiglia unita. Il pensiero di
"appartenere" a Mozart la faceva sentire più protetta e
intenerita. Ora era davvero ufficiale, era cotta da morire.

"Va bene, sto bene. Non mi serve nulla, legale o
meno."

"Mi chiamerai nel caso?" Sentendo che lei non
diceva nulla, Tex l'ammonì: "Summer?"

"Oh, ho capito. Mamma mia. Sei proprio come
Mozart."

"Grazie."

"Non era un complimento," rispose petulante
Summer, anche se col sorriso.

"Lo so. E, Summer, la prossima volta che esci con le
altre per una bevuta, prova il Midori Sours, è buono
almeno quanto l'Amaretto Sours."

"Che...come fai a sapere cos'ho bevuto?"

"Ci sono telecamere di sicurezza dappertutto,
Summer."

Summer stava cercando di capire se Tex aveva
parlato seriamente. "Va bene, lo proverò. La prossima
volta." Poi sentì Tex che rideva.

"Bene. Ora torna a dormire. Hai un altro paio d'ore
prima di doverti alzare a fare le pulizia. *Chiamami*,
Summer. Per qualunque esigenza. Io sono a tua disposizione quando Mozart non può."

"Va bene, Tex. Grazie."

"Ci mancherebbe. Buona giornata."

"Anche a te. Ciao."

"Ciao."

Chiudendo la conversazione, Summer non poté far altro che scuotere la testa. Il mondo di Mozart era davvero inaspettato per lei, non avrebbe mai creduto di ritrovarvisi, ma innegabilmente le piaceva. Le piaceva quanto erano protettivi lui e i suoi amici. Sì, amavano comandare e dare ordini a destra e a manca, ma lei aveva capito che, in fondo, erano uomini molto sensibili e attenti. Aveva capito che donne come Caroline, Alabama e Fiona non sarebbero state con loro, se fossero stati degli stronzi. Almeno questo doveva voler dire qualcosa.

Si infilò di nuovo sotto le coperte e chiuse gli occhi. Avrebbe fatto ciò che le aveva ordinato Tex, solo perché lo voleva anche *lei*, non perché glielo aveva detto lui.

———

"Ehi, Summer, puoi venire qui un secondo?"

Summer si girò e vide Henry sulla porta dell'ufficio che le faceva dei cenni perché si avvicinasse. Si asciugò le mani sullo strofinaccio che aveva in pugno e lo appoggiò di nuovo sul carrello. Poi spostò il carrello più di lato che poteva, perché non intralciasse gli ospiti che potevano entrare, infine lo fissò col freno. L'ultimo dei problemi che voleva avere era che il carrello rotolasse via e che tutti i prodotti contenuti si rovesciassero per terra. Summer attraversò di gran passo il parcheggio per andare in ufficio.

Entrò e vide Joseph appoggiato alla scrivania, con Henry dietro di lui. Summer si irrigidì immediatamente. Dallo strano incontro che aveva avuto con Joseph qualche giorno prima, ogni volta che gli passava vicino diventava nervosa e inquieta. Da allora non avevano più parlato, ma si era accorta che la guardava più di una volta.

"Che c'è, Henry?" chiese Summer con tono il più normale possibile.

"Stavo parlando con Joseph, gli è venuta un'idea e vorremmo la tua opinione."

"Va bene, farò quel che posso."

Fu Joseph a portare avanti il discorso. "Ho detto a Henry che potremmo avere più ospiti donne se dessimo una bella rinfrescata alle camere. Le donne, in fin dei conti, sono quelle che prenotano più spesso le camere anche per la famiglia. Penso che se cambiassimo la vernice alle pareti e se migliorassimo la biancheria da letto, sarebbe un gran passo avanti per aumentare il giro."

Summer guardò meglio Joseph. Le parole che gli uscivano di bocca sembravano così in contrasto con i suoi sguardi. Sembrava avere sui sessantacinque anni, con capelli bianchi, lunghi e stopposi. Non era né magro né grasso. Anzi, sembrava in gran forma per un tipo avanti con gli anni. Ma c'era qualcosa di lui, ora che

Summer faceva più attenzione, qualcosa che non le tornava. Joseph che parlava di pittura e di lenzuola, non corrispondeva a quanto lei credeva potesse interessare a un tuttofare come lui.

Rispose cautamente: "Ah, sì, sembra una buona idea. Era questo che volevate? Avere la mia opinione e la mia approvazione?"

"In realtà mi serve altro," le disse Henry. "Dovresti andare con Joseph in città a prendere alcune cose. Noi non abbiamo idea di cosa piaccia alle donne, mentre tu sì, dato che sei una femmina. Potreste andarci oggi pomeriggio e prendere della roba per alcune camere, così le possiamo preparare per fare delle foto per il sito, domani."

Summer rimase impietrita. Henry non le aveva mai chiesto prima qualcosa del genere. Non aveva idea del perché fosse così interessato alla sua opinione di donna, improvvisamente. Cercando di uscirne, disse: "Ma non ho ancora finito di pulire tutte le camere."

"Non importa. Nessuno le ha prenotate per stanotte, quindi le puoi sempre finire domani."

Cavolo. Scusa già bruciata. Joseph non aveva aggiunto altro, era rimasto in piedi vicino al bancone, con le gambe incrociate alla caviglia, le sorrideva. In verità sembrava più una smorfia. Summer non sapeva cosa dire per uscirne, non era mai stata brava a improvvisare. In genere le veniva in mente la risposta giusta due giorni dopo i fatti.

"Uh, va bene."

"Ottimo, ecco le chiavi della mia auto, Joseph, valla a prendere. Summer, tu aspetta Joseph qua fuori."

"Prima devo fare una telefonata," disse Summer di getto. Non riusciva a togliersi di testa le parole di Tex. Lui l'avrebbe tenuta d'occhio. Se poteva vedere cos'aveva bevuto quando era uscita con le altre donne dei SEAL, forse avrebbe potuto tenerla d'occhio mentre andava a fare spese con Joseph. Summer non sapeva nemmeno se fosse possibile o meno, ma Tex le *aveva* ordinato di chiamarlo per qualunque esigenza.

"Va bene, ma sbrigati. Perdiamo tempo." Henry era ottimista sulla sua decisione di ammodernare, ovviamente voleva che si facesse subito.

Summer spinse e aprì la porta dell'ufficio e raggiunse direttamente la sua camera. Tirò fuori dalla tasca posteriore la scheda per entrare e una volta dentro si chiuse dietro la porta. Andò subito al telefono ed estrasse il bigliettino coi numeri di telefono che Mozart le aveva dato, era sul bordo del tavolino. Lo aveva tenuto sotto al telefono per poterlo raggiungere e consultare facilmente.

Digitò il numero di telefono di Tex e aspettò che squillasse. Partì la segreteria telefonica e Summer mormorò qualche parolaccia. Merda. Doveva trovarlo. Chiuse le chiamata e riprovò. Quando sentì partire di nuovo la segreteria, Summer sospirò. Non aveva altra scelta, doveva lasciare un messaggio.

. . .

Ehi, Tex, sono Summer. Non so davvero perché ti sto telefonando, tranne che per un consiglio... o qualcosa. Mi hanno chiesto di andare in città col tipo che Henry ha assunto come tuttofare per il motel. Si chiama Joseph. Normalmente non ci penserei due volte, ma ultimamente è stato un po'... strano. Niente di male, sono sicura che non è nulla, ma dato che non ho un'auto o altri mezzi di trasporto, devo andare con lui. Pensavo che magari potessi... cavolo. Non lo so. Guardare? Hai detto che ci sono telecamere dappertutto e sapevi cos'ho bevuto quella sera... Santo cielo, ti sembro impazzita? Comunque, senti, va bene, devo andare, mi sta aspettando. Ti chiamo quando torno, più tardi, così potremo farci una risata per quanto sono diventata paranoica. Ciao.

Summer chiuse la chiamata, fece un respiro profondo e si incamminò verso la porta. La chiuse con attenzione dietro di sé, controllando che fosse ben chiusa a chiave, poi vide Joseph che l'aspettava nella vecchia macchina di Henry. Sorrise nervosamente a Joseph mentre apriva la portiera, che si richiuse dietro. Si guardò alle spalle, mentre uscivano dal parcheggio. Il *Big Bear Lake Cabins Motel* era sì fatiscente e triste, ma occupava un posto speciale nel suo cuore, perché era il luogo in cui aveva incontrato Mozart. Avrebbe fatto quanto in suo potere per renderlo una struttura di successo.

CAPITOLO QUATTORDICI

Tex rientrò al suo appartamento dopo una breve passeggiata. Era così vicino al ritrovare Ben Hurst che quasi ne sentiva l'odore. Aveva solo bisogno di una piccola pausa prima di tornare a smanettare al computer. Voleva trovare quello stronzo, per Mozart, voleva eliminarlo dalla circolazione. Quell'uomo era una minaccia, aveva avuto molta fortuna nella vita. Sembrava che avesse il vizio di aggredire donne e bambini. Avery Reed non era stata la sua prima vittima, certamente nemmeno l'ultima. Ovviamente nella testa di quell'uomo c'era qualcosa di marcio. Non aveva alcun rimorso per quanto faceva e per quanto aveva fatto. Le brevi detenzioni di Hurst in prigione non avevano avuto alcun effetto sul suo comportamento.

Tex lo aveva rintracciato nella zona di Big Bear Lake qualche mese prima, per questo Mozart era andato là. Tex sorrise. Gli piaceva essere sempre un passo avanti ai suoi compagni SEAL. Adesso avrebbe anche potuto vantarsi per tutta la vita di essere stato lui a far conoscere Mozart e Summer.

Tex si accomodò nella sua sedia e mosse il mouse. Lo schermo del suo computer si illuminò e lui vide contento che la casella di messaggi lampeggiava. Cliccò curioso e vide un appunto di Mel. Sorrise al suo commento e le rispose rapidamente. Gli piaceva parlare con lei. Era una tipa intelligente e divertente. Era strano, perché lui non aveva idea del suo aspetto, non sapeva nemmeno dove fosse, ma gli piaceva, era un ottimo modo per staccare la spina da qualunque altra cosa avvenisse nella sua vita.

Dopo trenta minuti, dovette salutare Mel controvoglia. Doveva tornare a lavorare. Voleva beccare Hurst e per farlo doveva trovare dove si nascondeva quel bastardo. Tex cliccò sull'icona per aprire una nuova finestra del browser e con la coda dell'occhio vide la lucina rossa del suo telefono cellulare che lampeggiava. Quando lo avevano chiamato? Si ricordò improvvisamente che non aveva portato con sé il telefono quando era andato a fare una passeggiata.

Ascoltò il messaggio lasciato da Summer e sentì anche quello che lei non aveva detto. Era ovviamente a disagio in quella situazione, ma non sapeva come uscirne. Se non si fosse sentita in difficoltà, non lo avrebbe mai chiamato. Cavolo. Se Tex avesse potuto parlarle, le avrebbe detto senza mezzi termini di non andare in auto con Joseph. Aveva imparato a seguire il suo istinto, il più delle volte si era rivelato azzeccato.

Tex guardò l'orario del messaggio. Era passata più di mezz'ora da quando Summer l'aveva chiamato. Cazzo. Tex si mise risolutamente al computer e trovò in un attimo le telecamere di sicurezza che aveva usato per rintracciare Summer e le altre, quando erano uscite. Arretrò i filmati di circa venticinque minuti e le analizzò molto ansiosamente. Non trovò Summer in nessuna.

Dannazione. Controllò rapidamente le altre telecamere che riuscì a violare, ma senza fortuna. Summer e quel mistero di Joseph non erano mai arrivati in città.

Controllò gli scanner della polizia locale. Non c'erano stati incidenti nell'ultima mezz'ora. Non aveva idea di dove potesse essere sparita Summer, ma aveva la forte sensazione che quel Joseph potesse essere l'uomo che aveva cercato di rintracciare negli ultimi anni. Tex non sapeva come spiegarlo, ma ogni minuto che passava senza trovare Summer gli confermava che aveva ragione. Ben Hurst era tornato in azione e Tex non aveva idea di come avrebbe reagito Mozart al fatto che l'uomo che gli aveva ucciso la sorellina tanti anni fa ora aveva preso anche la sua donna.

———

Summer batté le palpebre lentamente. Cazzo. Capì subito di essere in guai seri. Appena girato l'angolo fuori dal motel, Joseph l'aveva colpita in faccia così forte da stordirla. La sua testa era rimbalzata sul finestrino laterale, facendole vedere le stelle. Quando Summer era riuscita di nuovo a pensare lucidamente, abbastanza per cercare di aprire la portiera e di scappare, Joseph l'aveva già immobilizzata. Aveva accostato in una stradina laterale e le aveva messo ai polsi un paio di manette, portandole le mani dietro la schiena, poi le aveva messo uno straccio in bocca e le aveva legato un bavaglio intorno alla testa. Summer non poteva né muoversi né parlare. Quando si era girata di lato per calciare Joseph più forte che poteva alle costole, lui l'aveva colpita di nuovo, stavolta così forte da farle perdere i sensi.

Ora eccola qua, Summer non aveva idea di *dove* fosse, ma sapeva di non essere al sicuro. Cercò di smorzare un singhiozzo. Aveva ancora il bavaglio alla bocca, non poteva certo piangere. In quella condizione, faceva già abbastanza fatica a respirare. Perché non aveva ascoltato il suo istinto? Aveva telefonato a Tex perché *sapeva* di non potersi fidare di Joseph, ma non aveva avuto il coraggio di dire di no. Mugolò. Avrebbe mai rivisto Mozart? Avrebbe mai rivisto *chiuque* altro?

———

Tex pigiava freneticamente i tasti del suo computer. Merda. Merda. Merda. Doveva far tornare a casa Mozart e il resto della squadra. Tex scosse la testa. Aveva passato fin troppo tempo a cercare di far tornare

i SEAL in patria, quando erano in missione. Era inspiegabile, quanto fossero sfortunate le loro donne. Ma nella mente di Tex non c'era alcun dubbio, Hurst era Joseph. Aveva telefonato a Henry al motel per fargli quante più domande possibili sul manovale che aveva assunto.

Henry non sapeva molto su quell'uomo. Non sapeva dove vivesse o perfino come facesse di cognome. Henry aveva solo bisogno di qualcuno che facesse dei lavori pesanti al motel, Joseph era stato l'unico a farsi avanti. Henry lo pagava in contanti ed era soddisfatto dei lavori che aveva fatto.

Tex chiuse la conversazione disgustato. Cazzo. E adesso? Aveva bisogno di qualcuno sul posto. Stavolta sembrava proprio che lavorare dalla Virginia al computer non bastasse. Doveva far tornare a casa Mozart. Subito.

"Ti aspettavo, Summer."

Summer fissò Joseph dall'altra parte della stanza. Si trovava in una specie di baita, poteva essere dovunque, sulle montagne intorno al lago. Cercò di non pensarci, si concentrò invece sul cercare di trovare il modo di uscire da quella situazione.

"Non ti conosco nemmeno, Joseph. Perché mai avresti dovuto aspettarmi?" Summer cercò di tenere una voce tranquilla, ma poté sentire che invece tremava. Joseph le aveva tolto il bavaglio e le aveva perfino dato da mangiare, con dell'acqua da bere. Summer dapprima era stata riluttante, ma dopo che Joseph ne aveva mangiato un po' per mostrarle che non era avvelenato o drogato, aveva ceduto. Sapeva di aver bisogno di forze, per cercare di fuggire.

"Non hai idea di chi sono, vero?"

"Sei Joseph."

Lui rise con cattiveria. "Vedo che il tuo ragazzo non ti ha detto niente, vero? Non avete passato tanto tempo a parlare. Mi chiedo cosa abbiate fatto, insieme, tutto quel tempo." Joseph schernì Summer.

Summer non disse nulla, attese che Joseph procedesse con quanto ovviamente voleva farle sapere.

"Mi chiamo Benjamin Hurst." Vedendo che Summer non reagiva in alcun modo, le spiegò. "Ho rapito, violentato e ucciso Avery Reed, tantissimi anni fa. Nel caso *quel* nome non ti ricordi nulla, ti darò un aiutino. Sono l'uomo a cui il tuo uomo da la caccia da quando era ragazzo. Non è ironico che sia venuto quassù a cercare me, portandomi invece dritto dritto alla tua porta? Se non fosse tornato, mi sarei guadagnato un po' di soldi lavorando per Henry e poi sarei sgattaiolato via di città appena la neve si fosse sciolta. Invece l'ho visto con te. Non ho potuto resistere."

"Hai ucciso sua sorella?"

"Oh sì, ma non prima di averla stuprata e torturata. Non c'è niente di meglio delle urla di una ragazzina, però purtroppo non ci sono molti ragazzini da queste parti, quindi mi dovrai bastare tu. E, per la cronaca, ti *farò* urlare, Summer. Ho intenzione di stuprarti e di torturare anche te, prima di ucciderti. Ne ho passate tante dalla piccola Avery. So esattamente quanto spingermi prima di fermarmi. Non ti farò morire se non quando sarò pronto."

Summer cercò con tutte le forze di guardare avanti. Santo cielo. Non riusciva a pensare, non sapeva cosa dire. Tenne la bocca chiusa e si limitò a guardare Joseph/Ben che le si avvicinava con quell'odioso bavaglio in mano. Cercò di non reagire, ma non ci riuscì. Era spaventata a morte.

"Ma prima devo uscire. Non posso correre il rischio che le tue grida siano così forti da essere sentite da qualcuno, giusto? Non che sia davvero possibile. Siamo così immersi nel bosco che ci vorrebbe un miracolo perché qualcuno ti trovi."

Prima che potesse rimetterle il bavaglio, Summer sputò. "Mozart ti troverà e ti ucciderà. Potrai anche torturarmi e uccidermi, ma Mozart *ti troverà*. Quando arriverà quel momento, preferirai esser morto. Ti pentirai di avermi rapita, l'ultima cosa che vedrai sarà la faccia di Mozart, prima che ti uccida."

Ben le afferrò la mandibola e la strinse così forte che Summer non riuscì a trattenere il gemito che le uscì dalle labbra. La sua bocca si aprì senza che lei volesse, Ben le ficcò in bocca di nuovo quello straccio puzzolente. Poi girò rapidamente il fazzoletto intorno alla sua testa per tenere a posto il bavaglio. Una volta stretto il nodo dietro la testa di lei, le si avvicinò e sussurrò: "Non vedo l'ora di incontrarlo, per mostrargli i resti del tuo corpo, sbattuto e malconcio. Per vederlo crollare. So che anche lui è un killer, proprio come me. Voglio vederlo perdere le staffe e uccidere dalla rabbia. Lui è proprio come me, deve solo farsi indicare la strada. Deve scoprire quanto possa essere catartico uccidere qualcuno."

Summer tremò. Quell'uomo era un pazzo. Lasciò cadere la testa. Con lui non si poteva ragionare. Ormai era praticamente morta.

CAPITOLO QUINDICI

MOZART STRINGEVA con tutte le forze i braccioli del sedile dell'aereo militare. Si stavano preparando a rientrare, quando Wolf aveva ricevuto un messaggio sul loro telefono satellitare d'emergenza. Era un telefono da usare solo in caso di situazioni estremamente gravi a casa. Mozart e gli altri avevano atteso con ansia di sentire quale fosse il problema. Abe e Cookie speravano di tutto cuore che non avesse nulla a che fare con le loro donne. Mozart dal canto suo non era molto preoccupato: Summer era su a Big Bear che lavorava al motel. Ma era preoccupato per i suoi amici.

Quando Wolf era tornato da loro dicendo brutalmente che Summer era scomparsa, Mozart dapprima non aveva nemmeno capito.

"Mi hai sentito, Mozart?" Wolf gli aveva chiesto attentamente.

"Che vuol dire, scomparsa? Qual era il messaggio?"

Tutto ciò a cui Mozart poteva pensare era che forse aveva deciso di non voler più stare con lui e se n'era semplicemente andata.

"Tex è riuscito a raggiungere il comandante. Summer aveva telefonato a Tex. Il tuttofare del motel in cui lavorava è Hurst. L'ha presa lui, Mozart." Wolf non l'aveva presa tanto per il sottile.

Prima che Mozart potesse saltare addosso a Wolf per picchiarlo a sangue, pensando che mentisse, Dude e Cookie lo presero per le braccia. "No! Non Summer! Non può essere! Dimmi che non è vero!"

"Mi dispiace, Mozart. Ora torniamo a casa. Stavolta cazzo non se la caverà."

Mozart strinse i denti. Joseph era Hurst? Aveva scoperto che Summer stava con lui? L'aveva visto nei paraggi al motel? Hurst aveva preso di mira Summer a causa sua? Nel profondo, Mozart conosceva la verità. Era lui. Era stato lui il motivo per cui Summer era stata rapita. Sarebbe andato a riprenderla. A qualunque costo. Chissà come, sapeva che Hurst lo stava aspettando. Voleva affrontarlo. Voleva rinfacciargli Avery. Mozart era pronto. Summer era tutto ciò che gli importava.

———

Summer era seduta immobile a guardare Ben che trasportava qualcuno sulle spalle dentro la piccola baita. Fece cadere quella donna leggera come se non fosse altro che un sacco di patate. Il suono del suo corpo che si accasciava al suolo la fece sussultare.

Ben si voltò verso Summer. "Guarda cos'ho trovato!" Aveva un tono scherzoso. "Un altro giocattolo! Penso che giocherò con questa prima di cominciare con te. Voglio che tu veda e sappia cosa ti aspetta. Voglio che ci pensi. Che tu lo veda succedere prima a qualcun altro." Ben si abbassò davanti a Summer. "Tutto ciò che faccio a lei, lo farò anche a te. Ogni grido che lancerà, sappi che lo lancerai anche tu. La parte migliore è proprio l'aspettativa."

Summer fu scossa. Non riconobbe la donna che giaceva sul pavimento priva di sensi, ma poteva vedere del sangue che le usciva da una ferita su un lato della testa, all'altezza della tempia. Summer chiuse gli occhi, non voleva vedere.

Un colpo sul lato della sua testa le fece riaprire gli occhi in un lampo. "Tieni gli occhi aperti, troia," disse Ben con voce stridula. "Se li chiudi, le farò ancor più male. Ricordatelo." Summer annuì, sapendo che lui avrebbe fatto esattamente ciò che diceva.

"Aspetterò che riprenda i sensi, poi cominciamo."

Summer si lasciò sfuggire una lacrima, prima di costringersi stoicamente a smettere. Quell'uomo non meritava una sola lacrima in più da parte sua. Si sarebbe solo divertito. Doveva solamente resistere. Aveva telefonato a Tex. Mozart sarebbe arrivato. Doveva.

———

Appena atterrati, Mozart accese il suo telefono. Doveva vedere se Summer l'aveva chiamato. Magari era tutta solo un'incomprensione. Aveva otto messaggi. Li ascoltò tutti, uno dopo l'altro. Gli vennero le lacrime agli occhi. L'ultima volta che aveva pianto era stata al funerale di Avery, ma ascoltare Summer che gli parlava allegramente di come fossero andate le sue giornate e che gli diceva quanto lui le mancasse alla fine di ogni messaggio gli fece male nel profondo.

E se poi la tua segreteria si riempie e qualcuno di importante deve lasciarti un messaggio?

Santo cielo. Ma Summer non sapeva di essere *lei* qualcuno di importante? Non sapeva che non avrebbe voluto sentire altri che lei?

Joseph sta facendo dei lavori per migliorare un po' le camere... È stato davvero un grande aiuto.

A Mozart si spezzava il cuore, sentendo Summer che parlava così bene di Hurst, senza avere idea di chi fosse, di *cosa* fosse.

. . .

Mi piacciono. Mi piacciono le tue amiche. Son contentissima che ci siano delle amicizie che si preoccupano per te. E tanto per fartelo sapere, mi piaci. Posso sostenere quello che fai. Posso sostenere il tuo lavoro. Se vuoi davvero stare con me. Io ci sono.

Sentendola dire che le piacevano Fiona, Alabama e Caroline fece star meglio Mozart. Sapeva che a Summer sarebbero piaciute. Sentirle dire che *lui* le piaceva e che poteva sostenere il suo lavoro lo avrebbe fatto sentire al settimo cielo, se non fosse che adesso era nelle mani di un pazzo.

Fiona mi ha detto che Joseph è inquietante, ma io ho cercato di dirle che non lo è, è solo un tipo solitario, come ero io. Però non lo sono più. Ci sei tu.

Alabama aveva capito che quel tipo era un poco di buono. Lo sapeva. Come cavolo aveva fatto Summer a non accorgersene?

Oggi è successo qualcosa di strano con Joseph. Mi ha chiesto se uscivo con qualcuno.

Mozart chiuse gli occhi. Hurst lo sapeva. Lo *sapeva* che

Summer era sua. Mozart istintivamente l'aveva capito, ma sentire Summer che lo confermava gli spezzò il cuore. Strinse i pugni. Doveva arrivare in tempo. Doveva. Mozart conservò tutti i messaggi di Summer per riascoltarli più avanti. Voleva riascoltarli tutti quando Summer fosse stata al sicuro, tra le sue braccia. Voleva custodirli. Una vocina nella testa cercava di dirgli che il motivo per cui li salvava era che, se Summer fosse morta, così avrebbe conservato un pezzo di lei, ma lui si rifiutò di ascoltarla. Sarebbero arrivati in tempo. Hurst lo voleva là. Mozart ne era convinto. Hurst non avrebbe ucciso Summer finché lui non sarebbe arrivato a Big Bear.

———

Summer teneva gli occhi aperti mentre Ben torturava quella povera donna sul pavimento, davanti a lei. Era imbavagliata anche lei, come Summer. Le aveva legato insieme le mani e le aveva attaccate a un'asse del pavimento della baita. Anche le sue caviglie erano legate insieme con una corda, collegata a un gancio nella parete dall'altra parte della stanza. Era immobile e indifesa, stesa sul pavimento freddo e rigido, vulnerabile ed esposta a qualunque cosa Ben volesse farle. Come ulteriore umiliazione, Ben le aveva anche tagliato tutti i vestiti e glieli aveva tolti di dosso, quindi quella povera donna giaceva nuda sul pavimento a singhiozzare. Ben aveva cominciato a torturarla tenendo una mano sulla sua bocca e sul naso, mentre allo stesso tempo la strozzava con l'altra.

Ben rideva vedendo il suo volto cambiare colore, ma mollava la presa sul collo e sulla faccia all'ultimo minuto, lasciando che la donna riprendesse a respirare ossigeno prezioso per non perdere i sensi. Nel frattempo, la schiaffeggiava e la colpiva. Summer poteva vedere sul corpo della donna i lividi provocati dalle percosse che aveva ricevuto. Per tutto il tempo in cui torturava quella povera donna, Ben continuava a guardare Summer.

"Guarda, dolce Summer. Guarda cosa faccio. Vedi come cerca di respirare? Farai così anche tu. Ti farò sanguinare proprio come lei. La tua pelle sarà piena di lividi, anche più della sua. Finirai per pregarmi di ucciderti. Certo che morirai. Proprio come lei. Lentamente, dolorosamente. Proprio come piace a me."

Ben guardo giù per la prima volta, verso la donna che stava sotto di lui. Si abbassò verso di lei e sussurrò qualcosa al suo orecchio. Summer non riuscì a sentire quanto diceva, ma vide la donna scuotere la testa e dire "no" con la bocca. Hurst si limitò a ridere, poi sollevò il suo corpo floscio dal pavimento. Qualunque cosa le avesse detto, sembrava aver distrutto completamente quella donna, che non mostrava più alcun segno di voler combattere.

Ben non guardava nemmeno la donna che sanguinava e faticava a respirare. Si avvicinò a Summer e si abbassò verso di lei. Aveva le mani ricoperte del sangue di quella donna, i suoi occhi erano stralunati. Si avvicinò fin troppo a Summer. Poi le prese la faccia tra le mani, spargendo sulle sue guance il sangue dell'altra donna. Mentre Ben si muoveva vicino a lei, Summer poteva sentire il suo odore. Il suo corpo aveva un odore atroce. Era sudato e ovviamente non si faceva una doccia da diversi giorni. Leccò Summer sul lato del collo, ridendo mentre lei si agitava e strattonava i suoi vincoli.

Poi lui portò le labbra all'orecchio di Summer, sussurrando con tono intimo, come fossero amanti: "Le ho detto che ti piace guardare. Che ti eccita. Le ho detto che sei *tu* che mi hai chiesto di farle del male."

Summer guardò fisso Ben. Le sue parole l'avevano fatta impallidire; la tortura mentale a cui stava sottoponendo l'altra donna era brutale tanto quanto la violenza fisica. Però cercò di non reagire in altro modo alle sue parole. Summer sapeva che era proprio quello che voleva Ben, voleva resistergli in ogni modo.

Ben ovviamente si arrabbiò vedendo che Summer non reagiva. Si sbottonò i pantaloni e tirò fuori il suo pene floscio e rugoso, poi cominciò a masturbarsi fino a farlo diventare mezzo duro. Summer guardò da un'altra parte, disgustata. Mentre Ben andava su e giù con la mano sul suo membro, sussurrava quel che avrebbe fatto a Summer, una volta giunto il suo turno. Quando fu vicino a concludere, lasciò cadere la testa all'indietro e gemette. Ben lasciò esplodere il suo sperma su Summer, schizzandola. Il liquido le cadde sulle cosce e scese sulle sue gambe legate.

Ben rialzò la testa e rise allo sguardo disgustato sul

volto di Summer. Poi le passò una mano sulla coscia, per un secondo Summer fu confusa, pensando che intendesse ripulirla, ma proprio allora Ben mise bruscamente sulla sua guancia il palmo della mano che aveva appena raccolto il suo liquido dalla coscia di Summer. Ben sparse il suo seme sulla sua faccia e passò la mano anche sui capelli di lei. L'odore e la sensazione umidiccia le stimolarono il vomito. Ben riportò la mano sulla faccia di Summer e le strinse le guance così forte che lei non poté trattenere una smorfia di dolore. "Oh, Summer. Quando imparerai, cazzo, che io vinco sempre?"

Ben si girò e se ne andò, ignorando i singhiozzi imploranti della donna imbavagliata e legata sul pavimento freddo. Summer attese che fosse uscito dalla stanza prima di chiudere gli occhi e di lasciarsi prendere dalla disperazione.

———

Mozart era in piedi nella camera alla base, voltava la schiena ai suoi amici che ascoltavano la voce di Tex dallo speaker del telefono dire loro tutto quanto aveva appreso nell'ultimo giorno e mezzo. Mozart strinse i denti frustrato dalla rabbia. Avrebbe voluto essere già a Big Bear Lake alla ricerca di Summer. *Doveva* essere là. Ma bisognava aspettare di sentire tutto ciò che Tex aveva scoperto. Le sue informazioni erano indispensabili.

"Sembra che Hurst abbia vissuto nel bosco in vari

luoghi, durante le estati. D'inverno, trova dei paesini in cui fermarsi. Lavora qua e là come manovale per guadagnare qualcosina. Dovunque ne ho trovato traccia, ho trovato anche una scia di corpi morti. Bambine, ragazze, anziane, senza distinzione. A parte che sono tutte femmine, sembra non avere proprio preferenze. Ma ciascuno dei corpi è stato torturato e violentato."

"*Persone*." Mozart ruggì improvvisamente dal punto in cui si trovava, appoggiato al muro. "Ciascuna delle *persone* è stata torturata e violentata." Non si era nemmeno girato, non aveva nemmeno parlato così ad alta voce. Ma tutti i presenti nella stanza lo sentirono.

"Scusa, Mozart. Sì. Tutte le persone ritrovate erano state torturate prima di essere uccise. Sembra che per rintanarsi quest'inverno abbia scelto Big Bear Lake. Avevamo ragione, era là, sembra che sapesse di te. Non si è interessato minimamente a Summer finché non te ne sei andato una seconda volta. L'ha presa di mira."

Ignorando il dolore che gli avvampava in corpo alle parole di Tex, Mozart disse: "Dove l'ha portata?"

"Non lo so."

Perdendo le staffe per la prima volta da quando aveva sentito le notizie del rapimento di Summer, Mozart si voltò e urlò: "Dove diavolo è, dannazione? Quello stronzo la sta torturando. Lo so. Lei ha bisogno di me e io non ci sono! Io... non... ci... *sono*!"

"La troveremo, Mozart," disse Wolf a voce bassa.

"Quando? Dopo che l'avrà violentata più e più volte e che le avrà strappato gli occhi dalle orbite? Dopo che non sarà rimasto che il guscio, della donna che ho lasciato là? Quando, Wolf? *Quando* la troveremo? Pensavo che Tex potesse trovare chiunque!"

"Posso, Mozart, se usano della tecnologia moderna," rispose Tex con calma; la sua voce proveniva gracchiante dallo speaker del telefono. "Hurst non usa *alcuna* tecnologia. Si è isolato completamente. Niente telefono, niente elettricità, niente carta di credito. Vive da qualche parte nel bosco. Dovunque abbia portato la tua donna, è in mezzo al nulla. Fa troppo freddo perché l'abbia legata a qualche albero, ma dev'essere una baita o qualcosa del genere."

"Dobbiamo andare lassù, Wolf," disse Mozart con voce quasi rauca, non gli importava il suo tono di voce. "Summer ha bisogno di me. Adesso. Non tra un'ora, non domani. Adesso."

"L'elicottero si sta preparando mentre stiamo parlando, Mozart. Partiamo appena è pronto."

Mozart annuì.

Nella stanza prevalse la quiete per un attimo, poi Tex cominciò a parlare freneticamente. "Santo cielo. Aspettate. Mi è arrivato un rapporto dalla polizia, un'altra donna è scomparsa lassù. Elizabeth Parkins, di ventiquattro anni. Qualcuno ha visto che la prelevavano fuori dal supermercato locale. Aspettate... sì, bene, ho trovato i video della sorveglianza consegnati alla polizia. Oh sì, è quello stronzo di Hurst, allora. Fatemi controllare una cosa..."

Tutti gli uomini nella stanza trattennero il fiato.

Potevano sentire il rumore delle dita di Tex che battevano freneticamente sui tasti del computer.

"Sì! Allora, Elizabeth aveva con sé il suo cellulare, era acceso fino a tre ore fa. I ripetitori lo hanno intercettato lungo la statale 38 e poi in Polique Canyon Road verso Bertha Peak. Il segnale si è perso a circa otto miglia di distanza su quella strada. Avrà portato Elizabeth nel suo nascondiglio. E se Elizabeth si trova là, è molto probabile che ci troverete anche Summer."

L'entusiasmo di Tex non contagiò il resto dei SEAL presenti nella stanza. Sapevano tutti che, se Hurst aveva preso un'altra donna così presto, dopo aver rapito Summer, probabilmente aveva già ucciso Summer o aveva qualcos'altro in mente, qualcosa di orribile.

"L'elicottero è arrivato," disse Benny a bassa voce, nell'improvviso silenzio della stanza.

"Tex, rimani in contatto, fammi sapere ogni informazione che trovi non appena la trovi," ordinò Wolf, mentre la squadra cominciava a uscire dalla stanza per salire sull'elicottero in attesa. Mozart faceva strada agli altri, sapevano tutti che, se fosse servito ad accelerare i tempi per partire, si sarebbe messo a correre.

"Salvala, Wolf," disse appena Tex, ovviamente dopo aver atteso che tutti gli altri fossero usciti dalla stanza.

"È proprio quello che intendiamo fare, Tex," rispose Wolf, con voce altrettanto contenuta. Poi spense il telefono e seguì il resto della squadra fuori dalla porta. Avevano una di loro da trovare e salvare.

CAPITOLO SEDICI

SUMMER NON RIUSCIVA PIÙ A TRATTENERE le lacrime. Era stata coraggiosa più che poteva, ora aveva una paura da farsela sotto. Tentò ancora grugnendo di divincolarsi dalle manette. Erano già molto strette, ma il suo agitarsi le faceva chiudere ancora di più. Il sangue scorreva sulle sue mani e gocciolava sul pavimento, sotto di lei, ma ormai Summer non sentiva nemmeno più il dolore. Guardare Ben che faceva del male alla donna davanti a lei l'aveva fatta cedere.

"Mmmhh, ti prgo bsta. *Bsta*." Il bavaglio in bocca impediva a Summer di articolare le parole che cercava di pronunciare, ma era ovvio che Ben aveva capito le mezze parole che le uscivano.

Lui rise e appoggiò ancora una volta la sigaretta accesa sul petto di quella povera donna. Era svenuta circa dieci minuti prima, ma Ben non si era fermato. Aveva continuato a bruciarle la pelle, fermandosi solo per riaccendere la sigaretta e fare un tiro, ogni volta che questa si spegneva sulla pelle della donna inerme. Ben guardò Summer negli occhi mentre continuava a ferire la donna, che ormai giaceva immobile a terra.

"Sì, questo mi piace vedere. *Pregami* di smettere, troia."

Summer osservò inorridita. Gli era diventato duro nel torturare quella povera donna. Quanto faceva lo eccitava. Pur sapendo di fare esattamente il suo gioco, comportandosi proprio come lui l'aveva costretta a fare, Summer non riusciva a smettere il suo pianto singhiozzante dietro al bavaglio, stretto intorno al suo capo.

"Ricorda, poi toccherà anche a te. Tutto ciò che faccio a lei, lo farò anche a te. Vuoi che mi fermi? Vuoi che aspetti che riprenda i sensi? Se vuoi lo farò."

Summer scosse la testa freneticamente. Santo cielo, no. Dov'era Mozart? Aveva bisogno di lui più di chiunque altro in vita sua.

———

"Sei sicuro di potercela fare?" chiese Wolf, scrutando con attenzione Mozart.

Mozart annuì semplicemente una volta.

"Perché se no, potresti metterla ancor più in pericolo."

Mozart annuì semplicemente un'altra volta, ma non disse una parola.

Wolf guardò per un secondo Mozart, poi si rivolse al

resto del gruppo. Avevano passato gli ultimi trenta minuti a perlustrare il terreno circostante. La baita di Hurst si trovava in una piccola radura, a circa due miglia dalla strada sterrata più vicina. Davanti alla porta era parcheggiato un quad, ovviamente era il mezzo di trasporto di Hurst per arrivare alla strada o dalla strada. Non avevano ancora trovato un'auto, ma non l'avevano nemmeno cercata. Erano concentrati solamente sull'arrivare in tempo a trovare Summer ed Elizabeth.

La baita era un tugurio scalcinato. Era piccola, al massimo venti metri quadri, con due finestrelle, una sul retro e una di lato. Su un lato c'era un porticato dall'aspetto molto triste.

Mozart strinse i pugni sui fianchi. Stare lì in piedi impalato ad ascoltare Wolf che delineava un'ultima volta il piano alla squadra lo stava letteralmente uccidendo. Il suo cuore palpitava troppo velocemente, poteva sentire il suo fiato uscire molto debole dai suoi respiri.

Era addestrato per situazioni di questo tipo. Lo erano tutti, ma quando a essere in pericolo è qualcuno che ami, le tue condizioni sono completamente diverse. Mozart, si fermò un momento per riflettere sui propri pensieri. Sì. Amava Summer. Era stato tutto molto rapido, vero, ma ci stava bene. Quel sentimento si era radicato nell'intimo di Mozart e non lo faceva sentire in trappola, nel panico. Adesso sapeva come si era sentito Wolf quando Ice era stata rapita. Era la sensazione peggiore al mondo. Sapeva di dover respirare profondamente per abbassare la frequenza cardiaca e prepararsi a quanto stava per accadere, ma per lui era fisicamente impossibile.

Wolf sembrò in grado di leggere i suoi pensieri, gli disse: "Mozart, parlami. Come ti senti, adesso?"

Mozart apprezzò il fatto che Wolf non gli stesse dando degli ordini, ma gli desse fiducia lasciandolo libero di scegliere dove poter essere più utile, così rispose seccamente: "Prendi il comando, io ti seguo." Wolf ci era già passato. Aveva lasciato che i suoi compagni guidassero l'operazione di salvataggio della sua Ice, e loro l'avevano riportata indietro tra le sue braccia, sana e salva. Se ci era riuscito Wolf, ce la poteva fare anche lui.

Wolf mise per un attimo una mano sulla spalla di Mozart, prima di annuire e di rivolgersi agli altri.

"Va bene, Dude, tu vai alla finestra di lato per lanciare la granata. Quando questa esplode, Cookie entra dalla finestra sul retro e Benny entra dal lato. Mozart e io entriamo dalla porta principale. Dude, tu e Abe state fuori, giusto nel caso che Hurst decida di provare a scappare. Il nostro obiettivo primario è proteggere le donne. A qualunque costo. Chiaro?"

Tutti gli uomini annuirono con solennità. Sapevano anche quanto Wolf non aveva detto. Erano pronti.

"Sapete tutti che là dentro ci sarà il pandemonio per un momento. Quella baita non è abbastanza grande da starci tutti dentro comodamente, quindi fate molta attenzione a come vi muovete." Wolf fece una breve pausa e poi disse: "Qualunque cosa vediate là dentro, non perdete la testa."

"Cazzo," disse Mozart sottovoce, sapendo esattamente cosa intendeva dire Wolf. Non poteva nemmeno immaginare che Summer non stesse bene. Sapeva di poter provare compassione anche per l'altra donna, ma aveva la mente piena di pensieri per Summer. Aveva visto quanto lei avesse cercato di comportarsi in modo educato anche quando stava letteralmente morendo di fame, pur cercando di non farlo vedere. Si ricordava le risate che avevano condiviso mentre pulivano quelle dannate camere al motel. Mozart si ricordava perfino le sensazioni che avevano provato quando l'abbracciava. Ora non aveva idea di come l'avrebbe trovata, questa incertezza lo squarciava più di tutto.

"Mozart, devi trattenerti con Hurst. Se è ancora vivo quando cala la polvere della granata, non puoi farti giustizia da solo. Hai capito?"

Mozart sobbalzò strabuzzando gli occhi al suo amico. "Santo cielo, Wolf," sussurrò fingendosi sorpreso, "non pensavo minimamente a Hurst. Tutti i miei pensieri sono per Summer."

"Bene," rispose subito Wolf. "Non ero sicuro. Ti fidi di noi, vero?"

"Certo, vi affido la mia porca vita e anche quella di Summer," disse Mozart senza esitare.

"Ci occupiamo noi di Hurst. A partire da oggi non farà più male a nessuno. Su questo hai la mia parola."

Mozart si guardò intorno. Lo guardavano tutti con

gli occhi pieni di determinazione e fermezza. Si rilassò. Per la prima volta nella sua vita, qualcosa, anzi qualcuno, era più importante della sua vendetta contro Ben Hurst. Recitò in silenzio una preghiera per Avery, chiedendo il suo perdono per aver messo Summer al primo posto.

Come fosse in grado di leggergli i pensieri, Abe disse: "Avery vorrebbe che tu voltassi pagina. A prescindere da tutto, vorrebbe che tu vivessi la tua vita."

Mozart annuì. Il suo cuore stava finalmente rallentando, riprendeva il controllo sull'adrenalina che gli attraversava il corpo. Abe aveva ragione. Avery se la sarebbe presa con lui se avesse smesso di vivere. Gli avrebbe detto che Hurst non valeva tutti gli sforzi e le fatiche che lui gli aveva dedicato in tutti quegli anni. Lei avrebbe amato Summer.

"Allora andiamo."

Gli uomini annuirono, tutti tranne Wolf e Mozart svanirono in silenzio nel bosco per prendere posizione.

Mozart sentì di dover dire un'ultima cosa a Wolf, prima che l'azione cominciasse.

"Fagliela pagare."

"Ci penso io, Sam," disse Wolf, usando il vero nome di Mozart per la prima volta dopo tanto tempo. "Tu occupati della tua donna, noi penseremo a Hurst."

Mozart guardò il suo amico negli occhi per un istante, poi annuì. Non servivano altre parole.

Si diressero entrambi verso la baita per aspettare. Da un momento all'altro si sarebbe scatenato l'inferno.

————

Summer aveva gli occhi aperti, ma non vedeva più nulla. Aveva spento il cervello per proteggersi. Ben Hurst era malvagio. Aveva torturato per ore quella donna, il cui nome aveva finalmente appreso essere Elizabeth. Ogni volta che Summer aveva chiuso gli occhi, Ben l'aveva colpita per costringerla a riaprirli. Poiché continuava a chiudere gli occhi, Ben aveva preso due pezzi di nastro adesivo e li aveva messi sulle palpebre di Summer per tenerle alzate. Non poteva più fisicamente chiudere gli occhi. Ma Summer non voleva arrendersi. Ben poteva anche averla costretta fisicamente a tenere gli occhi aperti, ma non poteva costringerla a *vedere* quanto faceva.

Ben non aveva la minima idea che, anche se Summer aveva gli occhi aperti, poteva vedere solo Mozart. Invece di vedere il coltellaccio con cui Ben aveva scavato una ferita profonda sul fianco di Elizabeth, lei vedeva le occhiate di quelle stronze che parlavano male di Mozart la prima volta che lo aveva incontrato. Summer ricordava di avergli messo le mani sul petto, godendo alla sensazione del corpo perfetto di Mozart e vedendo la gelosia negli occhi delle altre donne al sentire le sue parole.

Invece di vedere le mani di Ben che stringevano crudelmente i seni di Elizabeth fino a creare dei lividi grandi quanto le dita, Summer vedeva lo sguardo di Mozart, quando aveva preso in mano i suoi seni e le aveva pizzicato eroticamente i capezzoli. Lo sguardo di pura estasi e lussuria negli occhi di Mozart sarebbe rimasto stampato nella sua memoria per sempre. Summer non aveva mai pensato di poter far sentire così un uomo. Averlo fatto senza nemmeno togliersi i vestiti le sembrava quasi un miracolo.

Invece di sentire Ben che la minacciava di torturarla quanto prima, sentiva Mozart chiamarla "tesoro". Rideva dentro di sé per il suo mormorare esasperato "sei proprio una rompiscatole" e pensava che non vedeva l'ora di trovare altri modi per farlo sorridere e ridere con lei.

Invece di sentire Ben sbraitare che il suo corpo mutilato non sarebbe mai stato ritrovato, perché l'avrebbe seppellito in mezzo al bosco, Summer ricordava quanto si era sentita sicura tra le braccia di Mozart, che si era messo di proposito sul lato del letto vicino alla porta, per poterla proteggere.

E invece di sentire gli schiaffi e i calci di Ben, che cercava di terrorizzarla con le sue minacce, Summer ricordava la sensazione delle braccia di Mozart intorno al suo corpo quando lui l'abbracciava, quando camminavano vicini, anche solo quando stavano in piedi vicini, quando dormivano uno di fianco all'altra.

Improvvisamente nella stanza fu il caos. I suoi occhi erano aperti col nastro adesivo, quindi non poté proteggersi dal bagliore accecante che in un attimo riempì tutto l'ambiente. La quiete del giorno, gli schiaffi, i gemiti, il pianto, tutto ciò che si era abituata a sentire, fu soffocato dal rumore più forte che avesse mai sentito. Summer avrebbe voluto portarsi le mani alle orecchie per coprirle, per proteggerle, ma aveva ancora i polsi stretti dalle manette dietro la schiena.

Fu accecata completamente dal lampo di luce accompagnato da una forte esplosione, un rumore talmente potente da farle venire la nausea. Summer cominciò a scuotere la testa per cercare di riprendersi. Non aveva idea di cosa stesse succedendo, ma voleva rimanere concentrata con la sua mente su un pensiero sicuro, tra le braccia di Mozart.

Summer sentì delle mani sul suo volto, ma non riusciva a vedere ancora chi fosse o cosa stesse succedendo. Tentò di togliersi di lì con un sobbalzo, ma le manette la tenevano stretta alla sedia. Cominciò a piagnucolare.

Alla fine, alcune parole riuscirono a oltrepassare il ronzio che le soffocava le orecchie.

"...aspetta...sicura...cazzo...aiuto..."

Summer cercò disperatamente di riprendersi. Doveva sapere cosa diamine stesse succedendo. Cominciò lentamente a vedere delle forme tra la nube grigia scura che aveva dominato l'ambiente da quando quella cosa che era esplosa... beh... era esplosa.

Gli occhi le facevano male, erano oltremodo secchi, e Summer sapeva di aver sperato che Mozart la trovasse, ma vedere il suo volto davanti a lei fu come un miracolo, non era ancora sicura di poterci credere davvero. Sperava non fosse un'allucinazione. Summer provò ancora a sobbalzare, dimenticando per un attimo di avere le mani ancora legate. Avrebbe voluto gettarsi tra le sue braccia, ma non poteva.

"Cazzo, grazie," Summer sentì le parole di Mozart. Lei vide il suo volto diventare sempre più nitido.

"Rimani con me, tesoro. So che stai male. So che l'esplosione ti ha tutta sconquassata, porta pazienza un minuto e poi potrò portarti al sicuro."

Summer non riusciva davvero a capire quanto Mozart stesse dicendo, era solo contentissima che fosse lì. L'avrebbe portata al sicuro. Non avrebbe più lasciato che Ben le facesse del male. Si ricordò improvvisamente di Elizabeth. "Lsbth."

Mozart rispose come se lei avesse parlato in modo perfettamente comprensibile: "Cookie sta con lei. È salva."

Summer non distolse per un attimo lo sguardo dagli occhi di Mozart. Poteva sentire vagamente una lotta dietro di lui, ma al momento non le importava. Tutto ciò che le interessava era che Mozart stesse con lei. Lui era davvero lì. Non avrebbe mai consentito che Ben la sfiorasse di nuovo. Summer respirava a fatica dal naso.

"Tutto a posto!"

A quelle parole, Mozart si mosse rapidamente. Prese da chissà dove un coltello e Summer potete sentire il bavaglio che aveva intorno alla testa allentarsi. Cercò tra i singhiozzi di sputar fuori lo straccio che aveva in bocca. Aveva la bocca così secca che non riusciva a buttar fuori quel cencio puzzolente.

Mozart appoggiò per terra il coltello e mise una mano sotto al mento di Summer. "Stai ferma, tesoro. Lascia che ti aiuti."

Portò l'altra mano tra le sue labbra secche e screpolate per afferrare il bordo del tessuto che aveva in bocca. Mozart non si curò nemmeno di guardare il cencio che volava via, una volta liberatele le labbra. Cercò di non farsi abbattere dal modo in cui la vedeva respirare a fatica. Non poteva. Prima c'erano troppe altre cose da fare per aiutarla.

"Devo toglierti il nastro dagli occhi, tesoro," le sussurrò. "Ti farà male. Mi dispiace. Mi dispiace tanto. Ti farà male solo per un momento, poi starai molto meglio quando riuscirai a chiudere gli occhi. Va bene? Capisci?"

Vedendo un cenno di assenso, Mozart impugno il nastro adesivo che le teneva aperto l'occhio destro. Chissà se Hurst sapeva quel che faceva, ma era riuscito ad attaccarle il nastro alle ciglia, alle sopracciglia e perfino a dei capelli. Mozart le aveva detto il vero. Toglierlo le avrebbe fatto male, ma non poteva aspettare di arrivare in ospedale. Aveva gli occhi dilatati e iniettati di sangue. Era in stato di shock e bisognava agire subito.

Mozart non era sicuro se fosse meglio strapparlo via, come con i cerotti, ma decise di toglierlo lentamente con un movimento continuo. Vedendo che Summer non gemeva minimamente quando le toglieva il nastro dai capelli, dalle sopracciglia e dalle ciglia, capì che il trauma era perfino peggiore di quanto avesse pensato. Vedere i peli intrappolati sul nastro mentre lo toglieva gli faceva male fisicamente. Summer però non aveva pianto tanto in tutto quel trambusto. Appena l'ultimo pezzo di nastro adesivo le fu tolto, Mozart la vide chiudere gli occhi e sospirare.

Mozart si alzò dicendo: "Va bene, tesoro, stai andando benissimo. Adesso ti tolgo le manette e poi ce ne andiamo via."

"Non toccarmi."

Mozart fece un passo indietro come se Summer l'avesse colpito fisicamente. Voleva sentire la sua voce che gli parlava, voleva sentirsi rassicurare, sentirsi dire che lei stava bene, ma non si aspettava che le sue prime parole servissero a dirgli di allontanarsi da lei. "Cosa?" La parola uscì dalla bocca di Mozart prima ancora che lui se ne accorgesse e potesse trattenersi.

"Non toccarmi," ripeté Summer.

Mozart ignorò quanto stava accadendo alle sue spalle, non gliene fregava nulla di Hurst in quel momento. Era completamente concentrato su Summer, solo su Summer. Chi diamine poteva sapere cosa Hurst le avesse fatto, mentre la stavano cercando. Aveva dato solo un'occhiata rapida alla giovane che era legata a terra, ma se Summer avesse subito anche in minima parte ciò che quella giovane donna sembrava aver subito, non c'era da meravigliarsi che non volesse essere toccata.

"Tesoro, devo toccarti per toglierti le manette."

Mozart la vide aprire appena gli occhi. Le sue parole lo scossero profondamente.

"Non sono pulita. Si è masturbato su di me. Ha sparso il suo sangue su di me. Mi ha sputato addosso. Quello stronzo è venuto e mi ha sporcata la faccia e i capelli. Non voglio che entri minimamente in contatto con te."

Lo stomaco di Mozart si rivoltò. Cazzo. Le portò una mano sul viso e la mise leggermente sui suoi occhi. "Tesoro, tieni gli occhi chiusi, so che ti fanno male. Non me ne frega niente di quello che ti ha fatto. Adesso ci sono qua io, mi prenderò cura di te. *Lascia* che mi prenda cura di te."

"Io... Va bene." La voce di Summer era così flebile che Mozart poté sentirla appena, ma la *sentì*. Accarezzò brevemente la sua guancia con le nocche della mano, prima di rialzarsi. Tirò fuori di tasca delle chiavi per le manette. Di solito erano chiavi piuttosto simili, rientravano nelle dotazioni generali che la squadra si portava sempre dietro. In passato erano state molto utili, quando si erano ritrovati in situazioni complicate, o anche quando erano andati a salvare degli ostaggi.

Mozart aprì rapidamente le manette e trasalì vedendo in che condizione erano i polsi di Summer. Erano ricoperti di sangue, c'erano dei profondi solchi visibili creati dalla lotta contro la presa delle manette. Mozart lasciò cadere a terra le manette in metallo e prese le mani di Summer tra le proprie. Poi camminò intorno a lei facendo attenzione a non spaventarla e le si inginocchiò di fronte.

"Adesso ti prendo in braccio, tesoro, così ti porto fuori e ce ne andiamo via. Tieniti stretta a me, non lasciarti andare, ma tieni gli occhi chiusi. Fuori c'è molta luce e potrebbe farti male agli occhi."

Vide che Summer annuiva e che gli stringeva le mani.

"Elizabeth starà bene?"

Mozart pensò per un attimo di mentirle, ma decise di dirle la verità. "Non lo so. Finora mi sono preoccupato solo per te."

Si abbassò verso di lei, prese Summer tra le braccia per sollevarla. Lei gli appoggiò subito la testa su una spalla e avvolse le braccia intorno al suo collo.

"Non si chiama Joseph."

"Lo so."

"Si chiama Ben Hurst. Ha detto che tortura e uccide donne e ragazze da anni."

"Shhhh, lo so, Summer."

"Ha detto..."

"Tesoro," disse Mozart con un po' di convinzione in più, mentre si faceva strada per uscire dalla porta della piccola baita. "Lo *so*."

Mozart si guardò indietro, vedendo la stanza per la prima volta. Cookie aveva liberato Elizabeth e stava cercando di prendersi cura delle sue ferite. Benny e Dude tenevano fermo Hurst, ormai sopraffatto. Aveva i pantaloni alle caviglie e la faccia piena di sangue. Wolf era in piedi sopra Hurst con la pistola in mano. Wolf incontrò gli occhi di Mozart quando questi si fermò alla porta.

Mozart sapeva che Wolf avrebbe voluto sentirselo dire, ma non si sentì in grado di prendere quella decisione. Sapeva che un tempo avrebbe desiderato essere lui in piedi su Hurst, per fargli implorare di risparmiarlo, ma adesso ormai non gli importava più.

Anche se portava in braccio la sua Summer, ferita e traumatizzata, si sentiva più leggero. Sentiva finalmente di potersi liberare dalla rabbia e dall'amarezza che lo avevano tormentato da quando aveva quindici anni, per quanto gli aveva fatto Hurst. Anche se in un modo contorto, Hurst gli aveva fatto trovare Summer. Non fosse stato perché Hurst si era nascosto a Big Bear, lui non avrebbe mai incontrato Summer.

Mozart voleva solo far uscire Summer dalla baita per portarla all'aria aperta. Doveva portarla in ospedale per avere la certezza che stesse bene. Null'altro gli importava. Nemmeno Hurst.

Mozart si voltò lasciandosi alle spalle Wolf e uscì dalla baita. Sentì Hurst che gli urlava dietro mentre usciva, ma a Mozart non interessava. Qualunque cosa quell'uomo volesse dire, a lui non importava più.

Mozart vide Abe in piedi là fuori. Lo guardò negli occhi e si incamminò verso di lui.

"Dobbiamo portarla in ospedale."

"Il quad è pronto. Sembra che abbia abbastanza benzina. Tu non puoi guidare e tenere Summer allo stesso tempo, tre persone non ci stanno. Dobbiamo aiutare anche Elizabeth. Andrò io verso la macchina per chiamare Tex. Lui ci farà arrivare un elicottero."

Mozart non voleva lasciar andare Summer. Non finché non avesse dovuto. "Io non la lascio."

"Ma certo che no. Non preoccuparti, Mozart. Se ce l'ha fatta finora, starà bene. Mi assicurerò che Tex sappia che l'elicottero dovrà prelevare tre persone."

"Grazie, lo apprezzo." Poi si voltò per allontanarsi di più dalla baita e mettersi all'ombra di alcuni alberi.

Abe si era appena girato per andarsene, quando un singolo colpo da fuoco esplose dietro di loro, all'interno della baita. Abe si fermò, si voltò indietro per guardare Mozart. Non aveva deviato dal percorso che lo avrebbe portato all'ombra, non si era nemmeno girato a guardare. Abe scosse la testa con una certa tristezza, sapendo bene il significato di quello sparo. Hurst non avrebbe mai più fatto del male a nessuno.

Infine scacciò ogni pensiero, doveva tornare alle macchine e contattare Tex. Bisognava portare subito le due donne all'ospedale. Si sarebbero occupati più tardi di Hurst e delle conseguenze di quanto era successo.

CAPITOLO DICIASSETTE

MOZART ERA SEDUTO VICINO al letto di Summer, all'ospedale, con i piedi appoggiati in fondo al materasso, la guardava respirare. Osservava il petto di Summer che si muoveva lentamente verso l'alto, poi verso il basso, le contava i respiri. Ne contò circa sedici al minuto, un valore del tutto normale, anche se un po' alto.

Lo aveva spaventato da morire, e Mozart non aveva paura ad ammetterlo. Tex si era mosso rapidamente, erano stati trasportati al Community Hospital di San Bernardino, un centro traumatologico più vicino a Big Bear. In un paio d'ore, erano arrivate anche Ice, Alabama e Fiona, con tutti gli altri della squadra.

Mozart era rimasto al fianco di Summer, rifiutandosi di andarsene. Aveva detto al medico che Summer era la sua fidanzata, tutti quelli della squadra avevano confermato. Nemmeno Summer l'aveva contraddetto. Così gli era stato permesso rimanere anche quando la visitavano.

I suoi vestiti erano stati messi in borsine di carta, come prove per la polizia, era anche arrivato un investigatore della scientifica per fotografare le sue ferite.

Mozart rimase nella camera anche quando le infermiere avevano tentato di spingerlo fuori per fare a Summer un lavaggio con la spugna per ripulirla. Si era voltato di schiena, per non metterla in imbarazzo, ma si era rifiutato di uscire.

Durante le visite mediche, Summer non aveva detto molto, ma Mozart aveva notato che si guardava continuamente intorno per vedere dove fosse lui. Difficilmente passava un minuto senza che lei lo cercasse con gli occhi. Mozart si assicurò di rimanere sempre dove lei potesse vederlo. Se il medico si spostava e si metteva tra lui e Summer, Mozart si spostava per far sì che lei lo potesse sempre vedere. Gli altri forse non avevano notato che lo faceva, ma lui se n'era accorto e fece tutto ciò che poté per farla sentire il più rilassata possibile anche durante le visite più imbarazzanti.

Mentre i medici le controllavano gli occhi, Mozart teneva Summer per mano, senza batter ciglio quando lei affondava le unghie nella sua carne. Solo alla vista delle ferite ai suoi polsi, Mozart aveva ceduto. Non era riuscito a fermare le lacrime che in silenzio gli scendevano dagli occhi. Nella sua vita, gli era capitato di vedere ferite peggiori di quelle, ma era il significato di quei solchi ai polsi che lo tormentava.

Sapeva che Summer aveva lottato. Si era ribellata a quanto Hurst faceva a Elizabeth. Aveva cercato di liberarsi, Mozart sapeva che aveva continuato a cercare di sfuggire ai suoi vincoli anche quando era diventato ovvio che non poteva. Anche col sangue che le scorreva sulle mani e gocciolava sul pavimento sotto di lei, aveva continuato a lottare.

Summer aveva visto le sue lacrime e gli si era avvicinata. Non poteva toccarlo, perché le infermiere le stavano pulendo e medicando i polsi, ma aveva trovato comunque il modo di confortarlo. Si era girata verso di lui e aveva strofinato col naso il suo collo, mentre lui piangeva. Aveva sospirato mentre Mozart l'abbracciava stretta. Summer aveva semplicemente sussurrato: "Sto bene, Mozart," e aveva continuato ad appoggiarsi a lui finché le infermiere non ebbero terminato. Le avevano somministrato un antidolorifico e le sue ultime parole erano state: "Per favore, non andartene."

Così si era messo seduto. Gli aveva chiesto di non andarsene e nulla lo avrebbe mai smosso da lì, sarebbe rimasto al suo fianco. Non il comandante, non la Marina degli Stati Uniti, nemmeno il Presidente degli Stati Uniti, dannazione. Mozart sarebbe rimasto lì seduto fino alla fine dei tempi, se fosse stato necessario.

Ciascuna delle altre donne aveva fatto capolino nella stanza per vedere come stava Summer. Non la conoscevano da molto tempo, ma ovviamente aveva fatto breccia nei loro cuori. Summer aveva dormito durante tutte quelle visite. Le ragazze avevano promesso di tornare il giorno dopo, sperando che Summer sarebbe stata sveglia.

Caroline doveva tornare a Riverton, era nel bel mezzo di un progetto molto importante e non poteva proprio stare un giorno lontana, ma aveva insistito per venire a trovarla comunque. Per Mozart era molto importante, perché lui sapeva in prima persona quanto Ice odiasse gli ospedali. Mozart l'aveva tirata da parte per chiederle un favore. Ovviamente Caroline aveva accettato senza fare domande. Mozart sorrise, al pensiero. Caroline probabilmente si sarebbe arrabbiata se lui *non* le avesse chiesto aiuto.

Ice l'aveva abbracciato forte e gli aveva detto: "Starà bene, Mozart. Devi stare qui al suo fianco. Ci rivediamo a casa."

Mozart ripensò a quanto Ice era stata in ospedale. Anche lei era stata rapita e torturata. Sperava che Summer sarebbe riuscita a superare tutto ciò che aveva subito altrettanto bene quanto Ice. Sapeva che Ice aveva ancora degli incubi. Lui e Wolf ne avevano anche parlato. Ma li stava superando, lentamente, col tempo, grazie a Dio.

Finalmente Summer si mosse. Mozart rimise a terra i piedi e si alzò. Si mise a sedere sul letto, vicino al fianco di Summer e le si avvicinò, facendo attenzione a non spaventarla. Non voleva farle prendere un colpo, ma voleva starle abbastanza vicino da farle sapere che lui c'era, nel momento stesso in cui avrebbe aperto gli occhi. Con una mano su ciascun fianco, Mozart la circondava col calore del suo corpo e le stava accanto, guardandola mentre si risvegliava a fatica.

Summer si contorse nel letto, non volendo svegliarsi. Sapeva che, aprendo gli occhi, avrebbe dovuto affrontare tutte le disavventure che l'avevano tramortita negli ultimi giorni. Ricordava quasi ogni secondo della sua prigionia nella baita. Per quanto desiderasse dimenticare, Summer sapeva che non avrebbe mai potuto farlo. Il suo corpo le faceva male in ogni singola parte, ma almeno era viva. Cercò di ripeterselo continuamente.

Summer aprì leggermente gli occhi, cercando di mantenere la calma. Sapeva che sarebbe passato tanto tempo, prima di potersi sentire di nuovo tranquilla a rimanere da sola. Poi sobbalzò, vedendo due occhi scuri e intensi appena sopra la sua testa. Si rilassò immediatamente. Avrebbe riconosciuto gli occhi di Mozart ovunque.

"Ciao," disse sottovoce, sollevata nel vederlo lì con lei.

"Ehi. Come ti senti?"

"Vuoi la verità, o una versione edulcorata?"

"Sempre la verità, tesoro. Sempre."

"Mi fanno male i polsi. Gli occhi mi bruciano. Mi sento sporca e sono preoccupata per Elizabeth. Ma sono così contenta che sei qui che non credo di poterlo esprimere a parole. Mi fa dimenticare tutto il resto." Summer vide il volto di Mozart dapprima corrucciarsi alle sue parole, ma poi rilassarsi.

"Non vorrei essere in altro luogo."

"Ho chiamato Tex come mi avevi detto."

"Ne parliamo adesso? O hai bisogno di un po' di tempo?"

"Preferisco parlarne adesso. Non penso di poter rimandare a lungo. Aspettare mi fa star male dentro."

"Vuoi che faccia venire uno psicoterapeuta per te? So che Ice ne frequenta ancora una e l'ha aiutata parecchio."

"No, voglio solo te."

"Sono qui, tesoro. Fatti più in là."

Mozart aspettò che Summer si muovesse un po' verso destra e poi si sdraiò vicino a lei, prendendola tra le braccia con delicatezza. La sentì sospirare soddisfatta.

"Ma non sarà contro il regolamento?"

"Che importa."

Summer sorrise alle parole di Mozart. Sapeva che a lui proprio non importavano le regole dell'ospedale. Poi tornò seria. "Pensavo a questo, quando mi faceva guardare. Non vedevo quello che faceva, non ascoltavo quanto diceva. Mi ricordavo la sensazione di sicurezza che provavo quando mi abbracciavi così."

"Hai fatto bene a telefonare a Tex, ma cavolo, Summer, te lo devo proprio dire. Non dovevi entrare in quella cazzo di macchina con Hurst, fin dal principio."

"Lo so."

Mozart si fermò. Si era preparato a farle una ramanzina, gentile ma decisa, e Summer gli aveva tolto tutto il vento in poppa.

Lei proseguì: "Il mio istinto mi diceva male, per questo ho telefonato a Tex. Sono stata una stupida.

Non avrei dovuto lasciare che Henry mi ci costringesse. Mi dispiace tanto che sia stata coinvolta anche un'altra donna. E mi dispiace anche per te. Se fossi stata più intelligente, tu non avresti dovuto superare tutto questo, non avresti dovuto ripensare a tua sorella."

Mozart trasalì. "Sei l'unica persona che io conosca che dopo essere stata rapita e torturata si scusi per questo." Poi tornò serio. "Tesoro, non me ne frega un tubo di Hurst."

"Ma..."

"No, fammi finire." Quando Summer annuì, Mozart la avvolse ancor più con le braccia e appoggiò la testa su quella di lei.

"Per gran parte della mia vita ho dato la caccia a quell'uomo. Lui è il motivo per cui sono entrato nei SEAL. Volevo vendicare Avery. Volevo ucciderlo più di quanto desiderassi servire la patria, o di quanto mi interessasse salvare altre persone, più di ogni altra cosa. Quest'odio aveva consumato quasi tutta la mia vita. L'unico motivo per cui ero venuto a Big Bear all'inizio era che Tex mi aveva detto che Hurst era da quelle parti. Ma sai cosa? Quando siamo arrivati alla baita e mi sono trovato davanti agli occhi l'opportunità di vendicarmi, non me ne importava più nulla. *L'unico* dei miei pensieri eri tu. Non ho visto Elizabeth. Non ho visto Hurst. Non ho visto i miei compagni. Ho visto solo *te*. Ti ho raggiunta appena ho potuto e ho capito che non me ne poteva fregare di meno di quel coglione. Sapevo che i miei commilitoni l'avrebbero reso inoffensivo, e questo mi bastava."

"Cosa gli è successo?"

"Non farà più del male a nessuno."

"Ma voi ragazzi passerete dei guai? Dirò alla polizia e alla marina tutto quanto necessario per non crearvi problemi."

Mozart vide che Summer si stava agitando e cercò di rassicurarla.

"No, non passeremo alcun guaio, tesoro. Il nostro comandante sapeva dove eravamo e cosa facevamo. La polizia adesso è già alla baita a scattare foto e raccogliere prove. Tex ha già consegnato tutto, almeno tutto ciò di legale che ha trovato su Hurst in questi ultimi anni. Sanno che era un criminale. Non ci accadrà nulla."

Sì rilassò un poco, vedendo che Summer allentava i suoi nervi. Dopo qualche attimo, lei sussurrò con voce così flebile, che Mozart la sentì a malapena: "Avevo così paura."

"Oh, tesoro."

"Sì, è vero, ho telefonato a Tex perché tu eri fuori in missione. Ho cercato di farmi forza. Continuavo a ripetermi che Tex l'avrebbe scoperto e mi avrebbe aiutata, ma non sapevo come."

"Raccontami quello che puoi su quanto è successo. Devi sfogarti. Io non sono un esperto, probabilmente te ne servirà uno, ma voglio anche farti parlare, voglio che parli con me."

"Ho paura."

“Di cosa? Di me?”

“No. Beh, una specie.”

Mozart lasciò cadere le braccia. Cavolo. Aveva paura di lui? Si preparò ad allontanarsi dal letto per dare un po' più di spazio a Summer.

“No! Per favore. Non intendevo in quel senso.” Le braccia di Summer si strinsero intorno a Mozart, impedendogli di allontanarsi da lei. “Non ho paura di *te*. Ho paura che se ti racconto cos'è successo cambierai idea su di me. Penserai che sono debole. Non penso di essere come le altre che stanno con i tuoi amici. Caroline ha così la testa a posto. È successo anche a lei, ma è così forte.”

“Summer, Ice è forte grazie a Wolf. Subito dopo i fatti era totalmente incasinata. Cavolo, non essere così dura con te stessa. Non sono passate nemmeno ventiquattr'ore, tesoro. Sì, hai ragione, probabilmente avrò un'idea diversa di te dopo che mi avrai raccontato tutto.” Quando Summer si scosse tra le sue braccia cercando di allontanarsi, fu Mozart a tenerla stretta, le allontanò la testa per poterla guardare negli occhi. “Sarò ancora più fiero di te di quanto non lo fossi prima. Penserò che sei molto più forte di quanto credessi. Ti amerò ancora di più, più di quanto ti ami ora.”

Summer non riuscì a fare altro che fissare Mozart, totalmente disorientata. “Che...”

“Sì, ti amo. Non l'ho mai detto a nessun altra donna prima in vita mia. Non ho mai creduto nell'amore a prima vista prima di incontrarti. Anche se so che è una follia. Diamine, non ho ancora fatto l'amore con te, ma ti amo. Se ti fosse successo qualcosa, non so come avrei fatto. Adesso raccontami cosa è successo. Sfogati con me. Lascia che ti aiuti a superare questo momento." Poi le riabbassò la testa per farla riposare sul suo petto. "Chiudi gli occhi, so che ti fanno male. Rilassati, tra le mie braccia sei al sicuro, raccontami tutto."

"Il solito capetto," lo stuzzicò Summer, alzando una mano e appoggiandola sotto il suo viso, rimanendo dov'era. Gli accarezzò una guancia con il pollice, pensò che anche lui aveva superato difficoltà indicibili, abbastanza volte da poter essere in grado di aiutarla a superare quanto le era capitato.

Descrisse a voce bassa e monotona tutto quanto era successo fino al momento in cui Hurst le aveva messo il nastro adesivo alle palpebre per tenerle aperti gli occhi. La sua voce si spezzò. "Voleva che guardassi. Io non ne potevo più. Lui si è arrabbiato e mi ha detto che avrebbe fatto in modo di non lasciarmi altra scelta. Io non volevo vedere. Mi avrà anche costretta a tenere gli occhi aperti, ma io mi sono rifiutata di *vedere*. Pensavo sempre a te. Al tuo tocco, alle tue parole, al suono della tua voce quando mi chiamavi 'tesoro'. I miei occhi bruciavano tanto erano secchi. Il nastro era attaccato ai capelli e li tirava."

Mozart non riuscì a sopportarlo. "Shhh, tesoro, ci sono qua io. Starai bene."

"Quando c'è stata quell'esplosione di luce, pensavo di aver perso la vista. Mi sono così spaventata."

"Mi dispiace…"

"No, non capisci. Quando finalmente sono tornata a vedere qualcosa, la prima immagine davanti a me eri *tu*. Mi impedivi di vedere tutto il resto. All'inizio ho pensato fosse un altro sogno. Poi mi hai chiesto di toccarmi, e io non volevo che il suo lerciume ti sporcasse. Tu sei tutto pulito e buono. Non volevo che toccassi quello schifo."

"Tesoro, adoro le attenzioni che mostri verso di me. Ma io non sono poi così pulito."

"Sì, lo *sei*. Mi hai fatto provare delle sensazioni che non avevo mai vissuto prima in vita mia. Quando sei con me, dimentico tutto il resto. Ho telefonato a Tex sapendo che ti avrebbe trovato. Lo so che può sembrare folle, ma in qualche modo sapevo che mi avresti salvata. Avevi detto che per me ci saresti stato sempre."

"Cavolo, tesoro. Hai ragione. Per te ci sarò sempre. Ma per favore, santo cielo, per favore, non entrare mai più in una macchina con un serial killer psicotico che mi vuole provocare usandoti."

Mozart chiuse gli occhi sentendo Summer ridacchiare. Come diamine poteva ridere dopo tutto ciò che aveva passato, lui non l'avrebbe mai capito.

"Ci sono in giro altri serial killer psicotici che mi vogliono rapire solo per provocarti?"

"Cazzo, no."

"Allora va bene, non capiterà più che entri in macchina con uno di loro." Summer rialzò la testa e guardò Mozart tutta seria. "Ti amo, Sam Reed."

"Grazie al cielo." Mozart portò di nuovo la testa di Summer al petto, quando un'infermiera entrò in camera.

"Cosa crede di fare? Non può stare a letto con la paziente."

Mozart non fece una piega. Non si mosse minimamente.

"Scusi? Mi ha sentito?"

"Sì, ho sentito, solo che la sto ignorando."

"Non può ignorarmi. Chiamerò la sicurezza!"

Mozart sentì che Summer stava cercando di tirarsi su, capì che doveva dire qualcosa per far calmare quella di infermiera, prima che facesse agitare Summer.

Mozart tirò su la testa dal cuscino sempre tenendo stretta Summer. Poi guardò l'infermiera con la massima calma e le disse: "La mia donna è stata rapita e torturata da un serial killer che aveva tutte le intenzioni di distruggermi. Ha appena passato gli ultimi trenta minuti a raccontarmi come quello stronzo l'ha torturata, costringendola a tenere gli occhi aperti con del nastro adesivo e masturbandosi su di lei. Non mi importa un fico secco se va contro le regole dell'ospedale, non avrei mai permesso che dovesse rivivere quell'esperienza senza la sicurezza delle mie braccia intorno a lei. Mi dispiace se per lei è un problema, ma non mi muoverò di qua finché non sarò sicuro che sta bene e che non sarà a disagio vedendomi alzare dal letto."

Mozart riappoggiò la testa al cuscino, aspettandosi un'esplosione in tutta risposta. Non era certo stato molto diplomatico.

"Ah, va bene. Allora torno tra poco."

Summer e Mozart sentirono la porta che si riapriva e si richiudeva. Il silenzio fu di nuovo interrotto dalla risatina di Summer. "Uh, era davvero così necessario?"

"Sì." Mozart non era pronto a lasciarla andare.

"Ti amo, Mozart. Non penso che avremo una vita semplice e tranquilla."

"Invece sì. Non potrei più sopportare nulla del genere. Oh, dovresti anche sapere che Ice si sta occupando del trasloco di tutte le tue cose da Big Bear al mio appartamento. Le ho anche dato carta bianca per trovarti tutto ciò che crederà necessario, che non sia già tra le tue cose. E ti avverto, tesoro, molto probabilmente ti ritroverai un quintale di vestiti nuovi e di scarpe nuove quando arriviamo a casa."

Non sapendo che reazione aspettarsi dopo questo annuncio, Mozart si irrigidì. Sapeva che Summer era una donna indipendente e che non le piaceva che le si comprassero le cose. Dirle che la stavano trasferendo nel suo appartamento, in una città diversa, andava ben oltre il "comprarle le cose".

"Va bene."

Mozart rimase di stucco. "Va bene?" Alzò il mento di Summer per poterla guardare negli occhi.

"Va bene," ripeté Summer.

"Non stai facendo una scenata. Dovrò aspettarmi una scenata più tardi, quando ti sarai ripresa?"

"Mozart, ho appena superato l'esperienza peggiore di tutta la mia vita. Avevo una paura pazzesca di non rivederti mai più. Temevo che Ben mi violentasse, mi torturasse e mi uccidesse prima che potessi dirti quanto sei importante per me. In fondo il mio lavoro non mi piaceva poi così tanto, stavo già pensando di andarmene dopo l'inverno. Sono felicissima di trasferirmi giù a Riverton con te. Starò con te fintanto che mi vorrai."

"Sei davvero una rompiscatole."

Summer si limitò a sorridergli.

"Un bacio?"

"Con piacere."

Mozart si voltò sul fianco fino a trovarsi sopra Summer. Poi si abbassò e prese con delicatezza le labbra di lei tra le sue. Si mosse con tutta calma, assaggiando e mordicchiando. Quando senti che lei tirava fuori la lingua per raggiungere la sua, approfondì il bacio con maggiore passione, mettendole una mano sulla guancia e tenendola stretta, così il bacio divenne più carnale.

Prima che il bacio potesse andare oltre, sentirono la porta riaprirsi. Mozart alzò la testa controvoglia. Non distolse lo sguardo dagli occhi di Summer, ma le accarezzò la testa con una mano e le sistemò i capelli dietro un orecchio. Poi le baciò entrambi gli occhi, le sopracciglia, infine la fronte, prima di voltarsi per vedere chi era entrato nella stanza.

Vedendo il medico appoggiato allo stipite della porta, tutto sorridente, Mozart scosse la testa e ricambiò il sorriso. Si spostò fino a poter allungare le gambe sul lato del letto e poi si alzò. Avvicinò la sedia al letto e si sedette, afferrando la mano di Summer tra le proprie prima di accomodarsi.

"Dottore, piacere di rivederla," biascicò con un tono mezzo ironico.

Il medico rise e si scostò dalla porta per avvicinarsi al letto. "Sì, ci scommetto. Però ho delle buone notizie." Poi guardo Summer. "La congediamo oggi stesso. Gli occhi si riprenderanno bene. Le prescrivo del collirio per tenerli sempre ben idratati. Vedrà che tra qualche giorno saranno tornati come prima. Per le altre ferite basterà solo un po' di tempo e poi guariranno. Prima che vada a casa le prescrivo anche degli antidolorifici. Li assuma se il dolore diventa troppo forte. Non resista a tutti i costi. Si rilassi, si riposi e vedrà che in men che non si dica sarà tornata come nuova." Poi si fermò un istante, era palese che volesse dire qualcos'altro, ma non sapeva come fare.

Infine tirò fuori le parole di getto. "Penso anche che sarebbe un'ottima idea se parlasse con qualcuno di quanto è successo. Posso metterla in contatto con dei professionisti, se vuole."

"Ho già tutto sotto controllo, dottore," disse Mozart con voce cupa.

Quando vide che il medico stava per protestare, Summer intervenne. "Lo farò, promesso. Mozart è un SEAL, alla base ci sono molti medici con cui posso parlare. Organizzerà tutto lui per me."

"Allora va bene. Ottimo. Le auguro buona fortuna. Le consiglio solo di andare dal suo medico una volta a casa, per controllare che tutto guarisca come deve. Un'altra ottima idea sarebbe andare a farsi visitare dall'oculista, sempre per controllare che sia tutto a posto."

"Ci andremo," rispose Mozart. "Organizzerò tutto per la settimana prossima."

Il medico poi tese la mano verso Mozart. "È stato un piacere conoscerla, signor Reed. Grazie per il suo servizio alla patria. Stiamo tutti meglio grazie a quello che fate." Visibilmente confuso, Mozart gli strinse la mano. Ad aumentare il suo disagio, Summer ridacchiò di nuovo. Che gran macho di SEAL che era.

Il medico si rivolse di nuovo a Summer e le porse la mano. Stringendole la mano, disse solennemente: "E buona fortuna anche a te, Summer. Sei una donna fantastica e sono contento che gliele hai date a quello stronzo!"

Summer arrossì e non fu in grado di dire alcunché.

"Ora puoi anche cominciare a vestirti e raccogliere le tue cose. Il congedo sarà pronto il prima possibile. A volte le scartoffie ci fanno impazzire, ma sappiamo che andarsene è sempre la parte migliore per tutti." Poi rise da solo alla sua battuta e si voltò per andarsene.

"Dottore?" la voce di Summer risuonò potente nella stanza.

"Sì, Summer?"

"Può dirmi come sta Elizabeth?" Vedendo l'espressione sul volto del medico, nello stomaco di Summer si formò come un nodo.

"Vorrei tanto poterlo fare, ma ci sarebbe il segreto professionale."

"Oh. Capisco. Vorrei solo..."

Mozart mise una mano sulla guancia di Summer e le volto la testa perché lo guardasse negli occhi. "Te lo farò sapere io, tesoro."

"Volevo solo che sapesse..."

Vedendo che non diceva altro, Mozart la invitò a proseguire. "Sapesse cosa?"

"Che non mi stavo eccitando per quello che le faceva."

"Ma che cazzo?" Mozart non avrebbe potuto trattenersi anche volendo.

Summer si sbrigò a spiegare, "Gliel'ha detto *lui*. Le ha detto che la torturava perché gliel'avevo chiesto io. Che ero io a volerlo."

"Tesoro, sono sicuro che lei non gli ha creduto."

"E se invece gli avesse creduto, Mozart?"

"Non gli ha creduto," disse il medico da dietro il letto di Summer. Era tornato indietro e parlava a bassa voce. "Non sta bene quanto te, Summer. Aveva bisogno di parlare con qualcuno. Ero presente quando ha parlato brevemente con il consulente. Sa che stava torturando anche a te. Ha detto al consulente che stava male per *te*."

Gli occhi di Summer si riempirono di lacrime. "Grazie per avermelo detto."

"Ci mancherebbe. Adesso vestiti e vattene dal mio

ospedale." Sorrise mentre lo diceva, per far sapere a Summer che stava scherzando con lei.

Mozart attese che la porta si chiudesse alle spalle del medico. "Non farlo."

"Non fare che cosa?"

"Non sentirti in colpa. Quello che ha fatto a te era almeno altrettanto crudele quanto quello che ha fatto a lei. Eravate entrambe innocenti."

"Lo so. Penso solo che... non so cosa pensare."

"Pensa che sei fortunata a non essere più là. Prova sollievo perché non potrà più far male a nessuno. Sii felice perché stai per venire a casa con me."

"Lo sono, Mozart. Lo sono."

"Allora va bene. Andiamo a casa."

CAPITOLO DICIOTTO

Summer si sedette sul letto con le gambe incrociate mentre Caroline, Alabama e Fiona la raggiungevano.

"Allora come stai, davvero, Summer?" chiese Caroline con tono preoccupato.

"Sto bene. Davvero. Grazie per avermi passato il nome del tuo terapista. Pensavo di essermi ripresa bene parlando con Mozart, ma ho capito che mi stavo molto trattenendo anche con lui, perché non volevo fargli male. E sapevo che ogni mio incubo lo feriva."

"Lo so. Anch'io a volte mi sento così. È molto importante potersi affidare a una persona imparziale, poter confidare tutte le paure e le preoccupazioni senza timore di far del male a chi ti ascolta." Caroline dette un colpetto sul ginocchio di Summer.

"Non so bene come abbiamo fatto a essere così fortunate, ma voglio dirti una cosa. Ringrazio ogni santo giorno il mio angelo custode per essere stata rapita da quei sei trafficanti," disse Fiona all'improvviso.

"Ma che cavolo?" esclamò Alabama, dando a Fiona una pacchetta sulla spalla. "Come puoi dire una cosa del genere?"

"Perché se non mi avessero presa in ostaggio, giù in Messico, non avrei mai incontrato Hunter. Vivrei ancora un'esistenza noiosa a El Paso."

"Sì, ma..."

"No, niente ma. Ci ho pensato per tantissimo tempo. C'è sempre un motivo per cui succede qualcosa. Caroline, tu eri su quell'aereo per poter annusare il ghiaccio drogato. Matthew era seduto vicino a te per poter salvare la vita di tutte le persone a bordo. Alabama, tu hai salvato la vita di Christopher a quel party. Se non fossi stata là a mostrargli la via della salvezza, oggi potrebbe anche non essere più al mondo. Sì, tutto ciò che avete passato è veramente sgradevole, ma alla fine dei conti oggi è ancora al mondo grazie a te. Io ho incontrato Hunter proprio per quanto mi è successo in Messico. E Summer, quanto ti è successo si può descrivere in tantissimi modi, ma la verità è che se la povera Avery non fosse stata uccisa da piccola, non avresti mai incontrati Sam, e Ben Hurst potrebbe essere ancora in giro a uccidere altre persone." Fiona lasciò assorbire le sue parole prima di proseguire.

"Possiamo arrabbiarci e lamentarci della nostra vita e dell'inferno che abbiamo dovuto superare, ma alla fin fine oggi non saremmo con i nostri uomini se le cose non fossero andate così. Anch'io ho i miei problemi da affrontare, come voi dovete affrontare i vostri, però dopotutto ci addormentiamo tra le braccia del nostro uomo... e io non cambierei un solo minuto della mia vita, se significasse rischiare di perderlo."

"Wow." Summer non poteva non essere d'accordo con Fiona. Aveva ragione. L'aveva aiutata a mettere tutto in una prospettiva che non avrebbe saputo trovare da sola. Inviò al cielo una preghiera silenziosa per Avery. Non si erano mai conosciute, ma le sarebbe stata grata per tutta la vita.

Quando ci fu momento di silenzio, Fiona finalmente intervenne e proseguì. "Va bene, adesso basta. Caroline, prendi le bibite. Bisogna festeggiare!"

Si misero tutte a ridere. Caroline aveva rotto le scatole a Matthew fino a fargli accettare di tenere il loro piccolo ritrovo nella tavernetta di casa loro. Alabama era vissuta tanto tempo in quegli ambienti, dopo essere stata arrestata, quando Christopher si era comportato da scemo con lei. I loro uomini non si sentivano tranquilli a farle uscire spesso, quindi per accontentarle avevano accettato quella piccola festa in taverna, mentre i SEAL erano di sopra ad espettare.

Alabama e Christopher di solito finivano per addormentarsi sul letto che c'era in taverna, mentre Hunter portava sempre a casa Fiona. Dato che questa era la prima volta in cui era stata invitata anche Summer, lei non era sicura di cosa volesse fare Mozart, ma immaginava che l'avrebbe fatta filare a casa non appena avesse fatto capolino di sopra. Era protettivo al massimo, ma Summer sotto sotto amava ogni attimo dell'atteggiamento protettivo del suo maschio alfa. A volte le capitava ancora di guardarsi alle spalle pensando di vedere Ben, pur sapendo che era morto.

Mentre tornavano a casa dall'ospedale, Mozart le aveva spiegato quanto era successo alla baita. Wolf aveva deciso di consegnare Hurst alla polizia perché fosse processato per quanto avevo fatto, non solo a Elizabeth e a Summer, ma a tutte le donne e le ragazzine che aveva ucciso negli anni. Wolf sapeva che ognuno dei suoi commilitoni avrebbe voluto tagliare la gola da parte a parte a Hurst non solo per quanto aveva fatto alla sorella e alla donna di Mozart, ma anche per tutte le donne e le ragazze che aveva torturato in passato. Ma quando si erano incamminati per portare Hurst fuori dalla baita, lui si era girato verso Benny e aveva cercato di aggredirlo con un coltello che teneva nella tasca dei pantaloni. Wolf gli aveva sparato dritto in mezzo agli occhi, Hurst era caduto a terra, morto.

Erano tutti contrariati del fatto che non avesse sofferto abbastanza, ma era stato considerato da tutti un caso di autodifesa. Era impensabile che qualcuno potesse processare una squadra di SEAL per omicidio, soprattutto con il passato di Hurst e con la testimonianza di Summer e di Elizabeth su quanto era accaduto nella baita.

Seduta nella cantina della casa di Caroline, bevendo *Sex on the Beach*, *Midori Sour* e *Screwdriver*[1], Summer si sentiva sicura come mai si era sentita in passato. Sapeva che il suo SEAL e gli altri tre erano di sopra che aspettavano impazienti la fine di quel ritrovo tra signore. Si lagnavano e si lamentavano, certamente, ma sapevano tutti che avrebbero fatto qualunque cosa per le loro donne.

Dopo un altro paio d'ore, le donne finalmente ebbero pietà dei loro uomini, almeno questo si dissero tra loro. Summer ridacchiò, conosceva le altre abbastanza da sapere che erano tutte molto eccitate e che non aspettavano altro che saltare addosso ai loro uomini.

Mozart non aveva voluto correre con lei, non avevano ancora fatto l'amore, ma Summer sperava che quella fosse la serata giusta. Ormai si sentiva più che pronta. Nelle ultime due settimane, avevano avuto degli incontri a dir poco appassionati e focosi, ma lei voleva di più. Non sapeva bene cosa Mozart stesse aspettando, ma era decisa a rompere gli indugi quella notte stessa.

Tutte le donne risalirono le scale ridendo e sostenendosi a vicenda. Irruppero dalla porta della cantina direttamente in cucina e si misero nuovamente a ridere vedendo lo sguardo sui volti dei loro uomini. Poi ciascuna si incamminò verso il proprio compagno.

Summer amava il sorriso sul volto di Mozart. Lui aveva girato la sedia subito dopo averla vista, ora la tirava a se è per farla stare in piedi tra le sue gambe.

"Ti sei divertita, tesoro?"

"Già, hai delle amicizie splendide."

"Sono anche amiche tue, Summer."

"Ah sì, *abbiamo* delle amicizie splendide," disse Summer a Mozart, col sorriso spalancato.

"Allora, tutti pronti a partire." Mozart guardò i suoi compagni. Sì, stavano andando via. Wolf e Ice non si curavano delle persone intorno. Erano abbracciati stretti, ci mancava poco che saltassero sul tavolo per farlo sul posto. Abe aveva preso Alabama tra le braccia e si stava dirigendo verso la porta della cantina. Mozart scommise che anche loro sarebbero stati molto impegnati tra pochi minuti.

Incrociò lo sguardo di Cookie dall'altra parte del tavolo, i due si sorrisero a vicenda. Loro erano i poveri fessacchiotti che dovevano ancora tornare a casa. Sarebbe passata almeno un'altra mezz'ora prima di potersi infilare nel letto con le loro donne.

"Hai la chiave, vero? Wolf è Sempre così occupato che si dimentica di chiudere la porta quando usciamo," chiese Mozart quasi retoricamente.

"Sì, ce l'ho. Andiamo, porta a casa Summer. Ci penso io."

Mozart rise, Fiona era seduta sulle ginocchia di Cookie, passava dal baciargli il collo al succhiargli i lobi delle orecchie.

"Santo cielo, adoro queste serate tra donne," disse Cookie, spostando la testa per dare più spazio a Fiona.

Mozart si limitò a scuotere la testa e a guardare Summer.

"Sei pronta ad andare?"

"Sì. Sono pronta."

Sentendo il suo tono di voce un po' strano, Mozart lanciò un'occhiata a Summer. Lei aveva un'espressione un po' birichina. Dalla voce si capiva che aveva bevuto un po', ma non era ubriaca al punto da non reggersi in piedi. "Come?"

"Niente, andiamo." Summer fece un passo indietro e lo tirò per le mani. Mozart si alzò e la seguì alla porta d'ingresso, poi fuori fino al suo SUV.

Lui vide che lei si guardava tutt'intorno mentre lui aggirava il veicolo per raggiungere il lato conducente. Sapere che lei sentiva ancora il bisogno di perlustrare i paraggi per stare tranquilla lo faceva stare ancora male. Se non avesse passato tutte le vicissitudini con Hurst, Mozart probabilmente avrebbe pensato che faceva bene a guardarsi intorno, ne sarebbe andato fiero. Ma vederglielo fare ora lo turbava parecchio. Sapeva di non poter cancellare tutti i suoi ricordi di quell'agonia, ma vederla impaurita, o anche solo a disagio, gli dava molto fastidio.

Mozart salì sul veicolo e si allacciò la cintura di sicurezza prima di avviare il motore. Sentì la mano di Summer sulla sua, appoggiata alla leva del cambio.

"Sto bene, Mozart. Davvero."

Lui le alzò la mano e ne baciò il dorso. "Stai più che bene, tesoro. Andiamo a casa."

L'auto procedeva in silenzio, arrivarono al loro appartamento. Sia Summer che Mozart erano persi nei propri pensieri. Dopo aver parcheggiato il veicolo, Mozart baciò di nuovo la mano di Summer.

"Aspettami, tesoro."

Summer annuì, conosceva la procedura.

Mozart girò intorno al veicolo e le aprì la portiera. Lei uscì e si fece prendere per mano. Si incamminarono a piedi sulle scale fino al loro appartamento, al secondo piano. Mozart non lasciò andare la mano di Summer se non dopo aver aperto la porta ed essere entrati. Poi si fermò, come faceva sempre, per ascoltare la quiete che regnava all'interno delle camere. Non sentendo rumori strani, non ricevendo alcun segnale negativo, chiuse l'ingresso a chiave e lasciò cadere le chiavi sul tavolo vicino alla porta.

Summer si voltò tra le sue braccia e lo guardò. Mozart le diceva sempre che poteva dirgli qualunque cosa, voleva che fosse onesta con lui. Ebbene, quella notte sarebbe stata onesta. Aver bevuto un po' l'aiutava, ma le parole erano tutte sue.

"È ora. Ti voglio."

"Summer, hai bevuto."

"Non mi interessa. Non sono ubriaca. Nemmeno lontanamente. Sto bene. Mi sento al sicuro. Ho bisogno di te, Mozart. Ho bisogno di tenerti tra le mie braccia. Devo sentirti dentro di me. Altrimenti comincio a pensare che non mi vuoi a quel livello..." Perfino lei si sorprese delle parole che le uscivano di bocca. *Aveva* davvero cominciato a dubitare che non la vedesse più nello stesso modo in cui la vedeva prima che fosse rapita. Forse l'essere stata preda delle angherie di Hurst era stato troppo per lui.

Ancor prima che l'ultima parola le uscisse di bocca, le labbra di Mozart si attaccarono alle sue. Lui la tirò tra le sue braccia. Poi portò un braccio dietro la sua schiena, lo appoggiò alla sua colonna vertebrale per sostenerla, mentre l'altra mano le accarezzava i capelli, tenendole ferma la testa mentre lui sfogava la sua passione.

Sollevando la testa dopo averla fatta ondeggiare tra le sue braccia, Mozart grugnì: "Non volerti? Santo cielo, tesoro, sappi che ogni mattina da quando siamo usciti dall'ospedale mi sono sempre masturbato sotto la doccia. La sensazione di averti vicina a me a letto, il profumo della tua pelle la mattina su di me e sulle lenzuola, vederti ridere e sapere che stai recuperando dopo tutto quello che hai passato... è davvero troppo per resistere."

Quando Summer scattò tra le sue braccia, Mozart non la lasciò andare. "Voglio che tu sia sicura. Voglio che tu sia pronta per me. Non posso entrare dentro di te e poi lasciarti andare. Se lo facciamo, andiamo fino in fondo."

"Non voglio che mi lasci andare."

"Sei sicura di essere pronta a farlo?"

"Sì, non sono mai stata così pronta in vita mia," Summer si fermò un istante. "Ma davvero hai... sai... nella doccia?"

"Sì. Ma non mi basta. Nel momento stesso in cui

rientro in camera da letto e ti vedo sdraiata, mi torna duro immediatamente."

"Anch'io."

"Cosa?" Mozart non capiva cosa intendesse dire Summer.

"Anch'io l'ho fatto... nella doccia... dopo che vai al lavoro..."

Mozart si abbassò verso Summer e la sollevò da terra. Senza proferire parola, la portò in camera da letto e la riappoggiò sul pavimento vicino al letto.

"Via i vestiti."

Con un sorrisetto malizioso, sentendo la sua voce da cavernicolo, Summer si tolse la camicetta sfilandosela da sopra la testa. Vide gli occhi di Mozart allargarsi, mentre lui se ne stava lì, impietrito, con le mani immobili sul bottone dei suoi jeans. Godendo del fatto che il suo spogliarello lo lasciava di stucco, Summer si abbassò per togliersi le scarpe da tennis una alla volta, inclinandosi in modo tale che lui le potesse vedere i seni. Poi si tolse le calze e si slacciò i jeans.

Volendo stimolare Mozart perché anche lui facesse qualcosa, Summer gli chiese spudoratamente: "Sarò l'unica a spogliarsi questa notte?"

"Cazzo, no." Mozart finalmente si dette una mossa. Sì strappò di dosso la camicetta lasciandola cadere per terra senza nemmeno curarsene. Poi slacciò il bottone dei suoi jeans facendoli scendere a calci.

Summer ridacchiò e lasciò che i suoi jeans le scendessero lungo le gambe. Finalmente erano lì in piedi che si guardavano, con indosso solo l'intimo. Summer sentiva di essere già eccitata; agitava nervosamente i piedi. Poteva vedere che anche Mozart era eccitato. Era davvero grande, poteva vedere chiaramente la forma del suo membro deformare i suoi slip. Portò le mani dietro la schiena per slacciarsi il reggiseno. Poi lo lasciò scivolare lungo le braccia finché non cadde a terra. Questo fu abbastanza perché Mozart finalmente si desse una mossa.

Mentre Mozart faceva un passo in avanti verso di lei, lei fece un passetto indietro. Finalmente stava per toccarla, Summer poteva sentire il letto dietro le ginocchia. Indietreggiando ancora un po', si sedette sul bordo del materasso. Mozart le si inginocchiò di fronte. Poi afferrò le sue mutandine sui fianchi e disse con voce roca: "Sollevati."

Summer alzò i fianchi e Mozart poté sfilarle le mutandine. Non perse tempo, appena il piccolo indumento di cotone le si sfilò dalle caviglie, si rialzò spingendola indietro sul letto con una mano sul petto.

"Fatti più indietro." Mentre Summer si muoveva a fatica all'indietro sul letto, Mozart si strappò gli slip di dosso e salì sul letto, sopra Summer. Si mosse carponi su di lei, mentre lei si sistemava sul letto.

Una volta trovata una posizione comoda, Mozart lasciò scendere i suoi fianchi su di lei di peso. Summer poteva sentire la sua erezione tra l'inguine e lo stomaco.

"Voglio andare con calma, ma non so se ci riesco." Mozart appoggiò la fronte sulla sua e respirò profondamente. "Non mi toccare. Per riuscirci, non devi toccarmi."

"Chi se ne frega!" Disse subito Summer in tutta risposta. Poi portò una mano sulla sua guancia ferita. "Mozart, abbiamo tutto il tempo che vogliamo. Non mi importa se la nostra prima volta dura cinque minuti o cinque ore, perché so che dopo la prima volta ce ne sarà una seconda. Dopo la seconda, una terza. Dopo la terza, anche una quarta. Poi finiremo anche in doccia e lì ci scambieremo quello che prima ci facevamo da soli. Non ci sono tantissime stanza in questo appartamento, ma ci sono abbastanza mobili da stimolare la nostra fantasia. Non capisci, Mozart? E anche solo essere qui con te mi rende felice. Io voglio toccarti e voglio che anche tu mi tocchi. Non pensare troppo."

Mozart rise. Summer aveva ragione. "Hai ragione." Si fece un po' più indietro, poi riavvicinò i suoi fianchi a quelli di lei, penetrandola nello stesso tempo. Lasciarono entrambi partire un gemito di piacere. "Va tutto bene? Cazzo, dimmi che stai bene!"

"È meraviglioso. Fantastico. Se ti fermi, dovrò farti del male!" Summer appoggiò le mani al sedere di Mozart e lo tirò a sé per avvicinarlo quegli ultimi centimetri che li separavano. Gemettero ancora entrambi.

"Quando ci siamo incontrati, ti vantavi che ti avevo fatto venire tre volte prima di cena... beh, adesso è impossibile, perché la cena è già passata, ma ti prometto che avrai finalmente quei tre orgasmi."

Summer rise e di nuovo gemettero insieme.

"Quando ridi sento la tua presa su di me. Non ho mai sentito nulla del genere." Improvvisamente Mozart si fermò. "Cavolo, tesoro. Dobbiamo fermarci."

Summer continuava a stringerlo senza lasciarlo uscire. Faceva presa su di lui con i suoi muscoli interni più forte che poteva. "Non fermarti, Mozart. Per favore non fermarti."

"Non ho niente, dolcezza. Non sono protetto."

"Non importa."

Mozart smise di muoversi e indietreggio abbastanza da rimanere dentro di lei solo con la punta del suo membro. "Tesoro, prendi la pillola?"

"No, ho fatto l'iniezione. So che non dura per sempre, ma penso sia ancora valida."

"Non vorrei rischiare solo con un 'penso'."

Gli occhi di Summer si riempirono di lacrime, Mozart si abbassò per togliergliele con dei baci.

"Non piangere, santo cielo, non piangere."

"Non vuoi avere un bambino con me?"

"Io voglio *te*, Summer. Se poi decidiamo che vogliamo avere figli, allora faremo i nostri programmi e avremo un bambino perché lo abbiamo deciso. Per ora? No, adesso non voglio avere figli. Voglio solo te. Voglio avere il tempo di *conoscerti*. Voglio poter uscire a cena senza doverci preoccupare di nostro figlio. Voglio viaggiare con te. Non voglio andare in missione lasciando a casa te e nostro figlio."

Summer respirò profondamente. Aveva ragione.

Nemmeno lei era pronta per un figlio. "Voglio che la nostra prima volta sia solo tra noi. Niente gomma."

Mozart respirò profondamente. "Sono pulito, te lo giuro, so di essere stato con fin troppe donne in passato, ma sono altri tempi. Da quando ti ho incontrata non sono stato con nessuna. Comunque alla marina mi controllano regolarmente."

"Va bene, Mozart. Anch'io sono pulita."

Mozart rise. Il fatto che Summer pensasse di non essere pulita per lui era quasi una barzelletta. Certo che lo era. "Ma certo che lo sei, tesoro. Allora, controllo fertilità. Quando è stato il tuo ultimo ciclo?" Mozart rise vedendo Summer arrossire. "Tesoro, mi parli di tante altre cose, questa non dovrebbe essere così imbarazzante."

"Ma lo è."

Mozart si spinse ancora dentro Summer lentamente ma inesorabilmente fino a non poter più proseguire, poi si tirò indietro fino a rimanere dentro solo con la punta. "Dimmelo."

"Il solito comandante," ma Summer lo disse col sorriso. "Dovrebbe arrivare tra qualche giorno."

"Dovremmo essere sicuri. Lo tirerò fuori, basta che non ti faccia tornare in mente troppi brutti ricordi." Mozart non poté fare a meno di ripensare a quanto le aveva fatto Hurst nella baita.

"Va bene. Anche se non è lo stesso. Voglio vederti, sentirti dentro di me, però guarda che c'è comunque un rischio." Summer sorrise per far capire a Mozart che non era affatto contrariata.

Vedendo il suo sorriso, Mozart rispose contento. "Lo so che non è sicuro al massimo, ma sempre meglio che niente. Comunque hai ragione, anch'io voglio che la nostra prima volta sia solo tra di noi, senza niente che ci separi. Adesso sdraiati e lascia che mi concentri, donna."

Summer ridacchiò di nuovo e sorrise ai gemiti di Mozart. Le sue risa si tramutarono rapidamente in gemiti, mentre lui spingeva più e più volte dentro di lei. Qualunque pensiero ridicolo le uscì di mente, mentre Mozart la stava facendo quasi impazzire. Solo dopo che Summer ebbe raggiunto il secondo orgasmo, Mozart comincio a spingere più forte.

"Sì, amore, dai. Prendimi. Sono tua."

Le sue parole fecero arrivare al limite Mozart. Si tirò fuori rapidamente e cominciò a eiaculare sulla sua pancia. Rimase sbalordito sentendo la sua manina morbida che lo masturbava per fargli rilasciare tutto lo sperma. Guardò Summer che con una mano accarezzava il suo membro che si ammorbidiva, mentre con l'altra spargeva il suo seme sulla propria pelle.

"Santo cielo. Mi fai morire, tesoro."

"Mi piace sentirti su di me."

Mozart si abbassò verso Summer. Lei alzò le braccia interponendole tra loro, Mozart poteva sentire il suo seme che le bagnava le dita, mentre lei gli accarezzava il petto.

"Ti amo."

"Ti amo anch'io"

Rimasero distesi sul letto per qualche minuto, prima che Summer interrompesse il silenzio. "Presto tornerò dal medico per fare un'altra iniezione."

"Va bene, tesoro."

"Voglio sentirti esplodermi dentro."

"*Sì*. Anch'io lo voglio."

Mozart si staccò dal petto di Summer e sorrise, mentre lei ridacchiava di nuovo.

"Oh, penso abbiamo bisogno di una doccia."

"Ricordo che hai detto la stessa cosa quando ci siamo incontrati la prima volta. Non mi hai promesso 'un altro giro sotto la doccia'?"

"Non smetterai mai di ricordarmelo, vero?"

"È stato il giorno più felice della mia vita, tesoro. Spero che non lo dimenticheremo mai."

"Anch'io."

"Andiamo a sconvolgerci ancora."

Summer sorrise e prese la mano che Mozart le porgeva, in piedi di fianco al letto. Ripensò a quanto le aveva detto Fiona quella sera. Tutto succede per un motivo. Certo, essere rapita e torturata da Ben Hurst non era stato affatto divertente, ma faceva parte del percorso che l'aveva portata lì, dov'era in quel momento. Summer amava Mozart così tanto da non poter immaginare di vivere senza di lui.

Afferrò la mano di Mozart e sorrise finché non arrivarono in bagno, era pronta a sconvolgere lui, e a farsi sconvolgere in cambio.

EPILOGO

LA SQUADRA ERA SEDUTA INTORNO a un tavolo, all'*Aces Bar and Grill*, si godevano la compagnia e si prendevano in giro in tutta naturalezza.

Jess, la loro solita cameriera, appoggiò al tavolo un giro di birre.

"Ecco qua, ragazzi."

"Grazie, Jess. Ehi, ti sei tagliata i capelli," disse Benny.

Jess guardò sorpresa quel gruppo di uomini così affascinanti, i suoi occhi si fissarono su quelli di Benny.

"Eh, sì, mi andavano... sì, li avevo sempre in faccia." Jess si mosse nervosamente una ciocca di capelli dietro l'orecchia.

"Hmm, immagino di non averli mai visti sciolti, li tenevi sempre tirati indietro le altre volte."

"Eh sì, vero, avevo bisogno di un cambiamento."

Sentendo il barista che la chiamava, Jess guardò il

bancone e vide che le faceva dei gesti. Poi si rivolse di nuovo al tavolo. "Torno tra un momento per vedere se vi manca qualcosa." Si girò e si affrettò al bancone del bar per prendere un altro vassoio da consegnare.

Dude riprese il discorso che stavano facendo prima che arrivasse da bere. "Come dicevo, ragazzi siete patetici!" Roteò gli occhi agli altri uomini seduti al tavolo. "Davvero, non volete mai uscire, rimanete sempre chiusi in casa. Adesso che siete impegnati, siete proprio dei pantofolai."

"Sì, sei solo geloso," ribatté Mozart, ridendo del suo amico.

Dude non voleva ammetterlo, ma sapeva che Mozart non aveva tutti i torti. Non aveva mai pensato seriamente a sistemarsi, prima di vedere i suoi amici uno dopo l'altro che si impegnavano. E le donne che avevano trovato erano meravigliose. Di certo non gli piaceva aver dovuto salvare Ice, Fiona e Summer da situazioni orribili, ma almeno adesso erano tutte al sicuro con i suoi amici.

Dato che molti della squadra erano ormai sposati, il comandante aveva accettato di non mandarli in missioni estremamente pericolose, come quelle che avevano svolto all'inizio della loro carriera. Sia Dude che Benny erano contenti di questa scelta. Ormai non erano più giovanissimi, l'ultima cosa che volevano era tornare a casa e dover riferire alle loro donne di aver perso uno dei loro SEAL.

Ma Dude non sapeva dove avrebbe potuto trovare

una donna del calibro di quelle dei suoi compagni. Sapeva di non essere il partito migliore per una donna. Era troppo cocciuto, aveva troppo bisogno di controllare tutto nella vita. Cercava di non pensarci, ma ogni volta che vedeva Ice carezzare con le dita il viso di Wolf e ridere per il solletico che la sua barba non rasa le provocava, o quando vedeva la mano di Fiona sulla testa di Cookie, Dude sentiva dentro istintivamente che a lui non sarebbe mai capitato.

La sua mano sinistra era e piena di cicatrici terribili, troppo deformata, troppo brutta perché una donna lo potesse davvero prendere sul serio. Gli era capitato già tante volte. Aveva incontrato una donna attraente durante le sue uscite al bar, qualcosa era scattato, ma quando lei vedeva la sua mano sinistra si tirava sempre indietro.

Sì guardò di nuovo la mano. Mancavano tre falangi, erano saltate in aria all'esplosione di una mina terrestre, durante una delle loro missioni. Era stato anche fortunato che si trattasse della mano sinistra, ancor più fortunato perché aveva perso solo parte delle dita. Poteva continuare a fare il SEAL, poteva lavorare sugli esplosivi, ma la sua vita amorosa era davvero compromessa.

I suoi desideri in camera da letto erano un altro motivo per cui Dude aveva capito che non avrebbe mai trovato una donna con cui sistemarsi stabilmente. Un conto era che una donna stesse al gioco a letto con lui, per un po', un altro conto era che accettasse a tempo pieno il suo modo di essere. Per qualche notte era una bella novità sentirsi dire cosa fare e come farlo a letto, ma Dude aveva capito che, al di là di quello, le donne con lui non avevano proprio intenzione di impegnarsi.

Dude scacciò quei pensieri dalla mente. Al diavolo.

Sobbalzarono tutti sentendo il cellulare di Wolf squillare. Lo guardarono rispondere, poi si avvicinarono tutti attenti, vedendo che irrigidiva i muscoli.

"Capito, sì, ci mando lui. Grazie." Wolf chiuse la conversazione e si rivolse a Dude.

"C'è una minaccia di bomba al supermercato di Main Street. Chiedono un artificiere esperto."

"Ci penso io." Dude si alzò velocemente, pensando già a cosa aspettarsi. Il dipartimento di polizia a volte chiamava i militari per farsi dare un aiuto in più. Evidentemente anche in quest'occasione avevano bisogno del suo aiuto.

"Stai attento. Facci sapere se ti serve nulla."

Dude rispose alle parole di Wolf alzando una mano, poi uscì.

———

Prendi il prossimo libro della serie, Proteggere Cheyenne!

NOTE

CAPITOLO UNO

1. "Basic Underwater Demolition/SEALS" (Demolizioni subacquee di base per SEAL), uno dei corsi a cui devono sottoporsi i membri delle forze speciali (ndt).

CAPITOLO TRE

1. Big Bear significa "Grande orso" [ndt]
2. Summer significa "Estate" [ndt]

CAPITOLO CINQUE

1. Famoso psicologo statunitense, presentatore dell'omonimo spettacolo televisivo di successo.

CAPITOLO OTTO

1. Organizzazione no profit non governativa che valuta la qualità dei servizi commerciali. [ndt]

CAPITOLO DICIOTTO

1. *Sex on the Beach, Midori Sour, Screwdriver* sono tre cocktail.

Also by Susan Stoker

Armi e Amori

Proteggere Caroline

Proteggere Alabama

Proteggere Fiona

Il Matrimonio di Caroline

Proteggere Summer

Proteggere Cheyenne (Prossimamente)

Delta Force Heroes

Salvare Rayne

Salvare Emily

Salvare Harley

Il Matrimonio di Emily

Salvare Kassie

Salvare Bryn (Prossimamente)

In inglese:

Delta Force Heroes Series

Rescuing Rayne

Rescuing Aimee (novella)

Rescuing Emily

Rescuing Harley

Marrying Emily (novella)

Rescuing Kassie

Rescuing Bryn

Rescuing Casey

Rescuing Sadie (novella)
Rescuing Wendy
Rescuing Mary
Rescuing Macie (novella)

Delta Team Two Series

Shielding Gillian
Shielding Kinley
Shielding Aspen (Oct 2020)
Shielding Riley (Jan 2021)
Shielding Devyn (May 2021)
Shielding Ember (Sep 2021)
Shielding Sierra (TBA)

Badge of Honor: Texas Heroes Series

Justice for Mackenzie
Justice for Mickie
Justice for Corrie
Justice for Laine (novella)
Shelter for Elizabeth
Justice for Boone
Shelter for Adeline
Shelter for Sophie
Justice for Erin
Justice for Milena
Shelter for Blythe
Justice for Hope
Shelter for Quinn
Shelter for Koren

Shelter for Penelope

SEAL of Protection: Legacy Series

Securing Caite
Securing Brenae (novella)
Securing Sidney
Securing Piper
Securing Zoey
Securing Avery
Securing Kalee (Sept 2020)
Securing Jane (Feb 2021)

SEAL Team Hawaii Series

Finding Elodie (Apr 2021)
Finding Lexie (Aug 2021)
Finding Kenna (Oct 2021)
Finding Monica (TBA)
Finding Carly (TBA)
Finding Ashlyn (TBA)
Finding Jodelle (TBA)

Ace Security Series

Claiming Grace
Claiming Alexis
Claiming Bailey
Claiming Felicity
Claiming Sarah

Mountain Mercenaries Series

Defending Allye
Defending Chloe
Defending Morgan
Defending Harlow
Defending Everly
Defending Zara
Defending Raven

Silverstone Series

Trusting Skylar (Dec 2020)
Trusting Taylor (Mar 2021)
Trusting Molly (July 2021)
Trusting Cassidy (Dec 2021)

SEAL of Protection Series

Protecting Caroline
Protecting Alabama
Protecting Fiona
Marrying Caroline (novella)
Protecting Summer
Protecting Cheyenne
Protecting Jessyka
Protecting Julie (novella)
Protecting Melody
Protecting the Future
Protecting Kiera (novella)
Protecting Alabama's Kids (novella)
Protecting Dakota

BIOGRAFIA

L'autrice best seller del *New York Times*, *USA Today,* e *Wall Street Journal*, Susan Stoker ha un cuore grande come lo stato del Texas, dove vive, ma questa tipica ragazza americana ha trascorso gli ultimi quattordici anni vivendo nel Missouri, in California, in Colorado, e nell'Indiana. È sposata con un ex militare dell'esercito, che ora la segue in tutto il Paese.

Ha debuttato con la sua prima serie nel 2014, seguita dalla serie SEAL of Protection, che ha consolidato il suo amore per la scrittura, e la creazione di storie in cui i lettori possono perdersi.

Se ti è piaciuto questo libro, o qualsiasi libro, per favore considera di lasciare una recensione. Gli autori lo apprezzano più di quanto tu possa immaginare.

www.stokeraces.com
susan@stokeraces.com